KB215403

## 김지숙

첫 직장 생활 중 쓴 단편 소설 「스미스」로 2009년 중앙 신인문학상
을 받았다. 쓴 책으로는 『비밀노트』, 『소녀A, 중도 하차합니다』, 『종
말주의자 고희망』, 『이 아이를 삭제할까요?』, 『N분의 1을 위하여』
(공저)가 있다.

띠지 저자 사진 ⓒ 이원재

김 지 숙  소 설

# 스미스

삼인의 소설

2

김 지 숙   소 설

# 스미스

삼인

흩어져 있던 소설 네 편이 모여 책이 되었다.

책에 실린 단편들은 나에게는 지나온 세계(라고 생각했)다.

글을 다시 읽으며 시절은 몸에 새겨진다는 걸 깨달았다. 그리고 어떤 감정은 유효 기간이 없다는 것도 알게 되었다.

책이 나올 수 있도록 용기를 주신 분들께 감사 드린다. 그 용기로 계속 써나가고 싶다.

2025년 봄 김지숙

차 례

스미스

"

비즈니스 캐주얼 차림에 길지도 짧지도 않은 머리, 목에
액세서리처럼 걸려 있는 사원증 목걸이. 공교롭게도 모
두 얇은 테의 안경을 쓰고 있었다. 나는 '스미스'와 함께
보았던 영화 매트릭스가 생각났다. 같은 모습으로 분화
되어 여기저기 출몰하던 스미스 요원들. 내 앞에 앉은
회사원들이 모두 스미스 요원처럼 보였다.

"

길을 잃은 것 같았다. 한 블록 정도 온 길로 되돌아갔다. 하지만 그 길도 낯설기는 마찬가지였다. 고만고만한 옷가게와 식당과 커피숍이 줄지어 있었다. 길치인 나에게 바둑판처럼 길이 난 명동 번화가는 최악의 공간이었다. 큰 건물을 잘 봐두면서 걸어야 했건만, 길을 잃었다는 사실을 안 건 이미 마구잡이로 걸은 뒤였다.

그래도 저만치 코너만 돌면 스타벅스가 보일 것도 같았다. 나는 서둘러 앞으로 달려갔다. 그러나 거기도 아니었다. 별 수 없이 이 길 저 길 왔다 갔다 해보았다. 점점 어딘지 모를 곳으로 가고 있다는 생각이 들었다. 초조했다. 이런 식으로 족히 이십 분은 헤맸다는 것이 한심하게 느껴졌다. 내 부족한 공간 감각이 원망스러웠다.

이십 분 전, 나는 스타벅스에 있었다. 지금도 그곳에는 소개팅으로 만난 스미스가 앉아 있을 것이었다. 그가 시킨 아메리카노는 이미 차갑게 식어버렸을 것이고, 옆 테이블의 나이키 모자를 눌러쓴 청년은 이미 누군가를 만나 자리를 떴을 것이었다. 어째서 휴대폰도 들고 나오지 않은 건지, 지갑만 손에 들고 있는 내 꼴이 한심스러웠다.

나는 별 수 없이 걸음을 멈췄다. 방향도 모른 채 계속 걸어갈 수는 없는 노릇이었다. 최선을 다해 내가 서 있는 곳을 관찰하기 시작했다. 고개를 옆으로 돌리자 '선인장'이라는 이름의 옷가게가 보였다. 쇼윈도에 세 벌의 흰 블라우스가 걸려 있는, 장식을 최소한으로 줄인 가게였다. 나는 맨 오른쪽의 블라우스에 눈길을 주었다. 가슴과 소매에 프릴이 달려 있었다. 예전부터 사려고 마음먹었던 스타일이었다. 다음 주에 있는 직원회의에 입고 간다면……. 여기까지 생각했을 때 아차! 하고 떠오르는 게 있었다. 아주 잠시였지만 오 분 전 즈음에도 저 블라우스에 눈길을 주었다는 사실. 그리고 저 옷을 입고 회의에 참석하고 싶다는 생각과 함께 블라우스와 잘 어울릴 검은 재킷에 대해서도 생각했다는 사실. 나는 의아했다. 어째서 이런 것들은 모두 기억하면서 내가 온 길은 하나도 기억할 수 없는 건지. 어쩌면 너무 많은 것을 생각하기 때문에 길을 잃어버렸는지도 모를 일이었다.

'선인장' 옷가게의 맞은편에는 '형제슈퍼'가 있었다. 예전에 살던 동네에도 같은 이름의 슈퍼가 있었다. 나는 그 슈퍼에 자주 가곤 했는데 그 슈퍼에서 단종된 과자를 팔기 때문이었다. 더 이상 생산

되지 않는 물건들이 먼지를 뽀얗게 뒤집어쓰고 선반에 올려져 있는 것을 볼 때마다 묘한 기분이 들곤 했었다. 시간의 흐름이 그곳에만 멈춰버린 듯한 느낌. 한 번도 가게 주인에게 그 물건들을 어디서 들여오는 것인지 물어본 적은 없었다. 아직 유통 기간이 지나지 않은 단종된 물건들을 만드는 공장이 어딘가에 있거나, 망한 회사의 사장과 슈퍼 주인이 정말 형제일 수도 있었다.

나는 발걸음을 옮겨 형제슈퍼 안으로 들어갔다. 혹시 이곳에도 더 이상 볼 수 없는 과자나 음료수를 팔고 있지는 않은지 둘러보았지만 보통의 슈퍼들과 크게 달라 보이지는 않았다. 뭐 찾아? 가게 안을 서성거리는 나에게 가운데 머리가 벗겨진 가게 주인이 물었다. 나는 가게 주인 뒤로 미닫이문이 달린 냉장고 안을 바라보았다. 무엇보다 먼저 캔 커피가 눈에 들어왔다. 그러나 나는 물, 물 주세요, 하고 말했다.

나는 늘 목이 말라 음료수를 달고 사는 편이었다. 특히 차가운 커피를 많이 마셨다. 그래서 잠을 설쳤고 피부가 버석거리며 기운이 없었다. 다시 말해 아이스커피의 카페인 때문에 불면에 시달렸고, 그 불면으로 오는 피로를 떨쳐버리려고 다시 아이스커피를 마시는 나날에 시달렸다. 그러나 언젠가는 이런 악순환을 바로잡아야겠다는 생각은 하고 있었다. 단지 결정적인 계기를 찾지 못하고 있을 뿐이었다.

아무튼, 물방울이 맺힌 생수병을 손에 쥐며 나는 커피의 유혹을 물리친 스스로를 칭찬했다. 그러면서 선명하게 정리되는 바가 있어 아! 하고 외쳤다. 내가 스타벅스에서 나온 것도 다 이 물 때문이었다. 스미스가 자기 몫의 아메리카노를 주문하고 나를 향해 무엇을 마시겠냐고 물었을 때, 나는 창밖으로 보이는 정수기 대리점을 바라보고 있었다. 정확하게는, 포스터 속에서 물이 든 유리잔을 들고 환하게 웃고 있는 여배우를 보고 있었다. 그 순간, 나는 카페인과 불면의 악순환이 나의 인생에 초래할 악영향을 그 언제보다도 강렬하게 깨달았고, 지금이야말로 그 고리를 끊어야 한다는 다짐을 하기에 이르렀던 것이다. 하필이면 그 순간에 말이다. 그래서 나는 스미스에게 포스터를 가리키며 아뇨, 전 나가서 저기 저 물이나 좀 사올게요, 하고 말한 뒤 스타벅스를 나왔던 것이다.

가운데 머리가 벗겨진 가게 주인이 물을 사고도 떠나지 않는 나를 이상하게 바라보았다.

"아저씨, 이 주변에 스타벅스가 어디에 있지요?"

"어디 있긴. 나가면 바로 앞에 있어."

"어느 쪽 앞이요?"

가게 주인은 내가 온 방향으로 손가락질을 했다. 첫 번째 골목에서 오른쪽으로 틀면 바로 스타벅스가 있다고 했다. 이럴 수가! 나는 형제슈퍼를 나와 가게 주인이 가르쳐준 방향으로 걸어갔다. 역시 스타벅스가 있었다. 안으로 들어갔다. 친절한 미소의 점원이 나를 보면서 어서 오세요, 스타벅스입니다, 하고 인사를 했다. 하지만 스미스는 보이지 않았다. 아까 내가 앉아 있던 긴 소파에는 세 커플이 한 테이블씩 자리를 차지하고 앉아 있었다. 나이키 모자를 쓴 청년이 앉아 있던 자리는 역시 비어 있었다.

스미스가 겨우 이십 분도 못 기다리고 가버렸다고 생각하자 섭섭하기보다는 당황스러웠다. 나는 구석에 앉아 이십 분이라는 시간에 대해서 생각했다. 이십 분은 아주 짧은 시간이기도, 아주 긴 시간이기도 했다. 테이블 위에 커피 두 잔을 시켜놓고 한두 시간은 예사로 보내는 연인들에게는 찰나와 같은 시간이었다. 반면에 출근 전에 후딱 먹으려고 산 햄 토스트가 이십 분이 넘어도 안 나온다면 정말 화가 날 시간이었다. 아마 돈을 환불받아 그냥 토스트 가게를 나가며 이렇게 외칠 것이다.

나를 이십 분이나 세워놓다니, 러닝머신을 이십 분 동안 뛰었다면 하루치의 운동량이라고! 스미스에게 나를 기다리는 이십 분은 어느 쪽이었을까. 그 답을 가늠할 수 없었다. 나는 스미스에 대해서 자신감을 가질 만큼 많은 것을 알지도, 갖지도 못한 사람이었다.

스미스는 나의 직장 상사의 시누이의 후배였다. 약간 복잡하지만 소개팅은 대부분 이런 식으로 이뤄졌다. 친구의 친구, 친구의 선후배, 친구의 군대 동기. 뿐만 아니라 친구의 친구의 친구, 직장 동료의 전 직장 후배. 그러니 상사의 시누이의 후배와도 할 수 있는 것이 바로 소개팅이었다.

어쨌든 직장 상사가 시누이의 말을 빌려 내게 준 정보에 의하면, 그는 미국에서 MBA 과정을 밟고, 국내 유수의 기업에 픽업되어 한국으로 들어왔다. 스미스는 유학 시절 쓰던 그의 영어 이름이었다. 한 달 전 스미스와 소개팅을 한 뒤로 이번이 다섯 번째 만남이었다. 일주일에 한 번 꼴로 만난 셈이었다. 나는 '이십 분'이라는 시간에 이어서 '다섯 번째 만남'에 대해서도 생각해보았다. 다섯 번이면 서로를 안다고 하기에는 확실히 부족한 횟수였다. 하지만 서로에게 호감이 있음은 충분히 드러나는 횟수이기도 했다.

스미스는 지난 다섯 번의 만남 동안 약속 시간을 잘 지켰고, 늘 캐주얼 정장을 입고 나타났으며, 등을 곧추세우고 앉았다. 대화의 주된 소재는 회사에서 맡고 있는 그의 업무에 대한 것이었다. 또 스미스는 늘 스타벅스를 찾았다. 샤브샤브를 먹고 스타벅스에 가거나 스테이크를 먹고 스타벅스에 가거나 식사 시간이 애매하면 스타벅스에 들른 뒤 한식집으로 가기도 했다. 미국 유학 시절 스타벅스에서 공부를 하던 것이 습관이 되었다고 했다. 그의 차에 달린 내비게이션은 현 위치에서 가장 가까운 스타벅스를 찾아주었다. 스타벅스는 어디에 나 있었고 나는 달리 갈 곳을 생각하지 않아도 되었다. 이것이 내가 스미스에 대해서 아는 전부였다.

소개팅에서 다섯 번째 만남까지 가는 확률은 내 경험상 이십 퍼센트도 되지 않았다. 대부분의 직원들이 조리 관련 학과를 나온, 여성 비율이 압도적으로 높은 식품 회사를 다니는 까닭에 나는 남자와의 만남을 거의 소개팅에 의존했다. 주변에 남자가 없는 대신, 남자를 소개해줄 인맥은 다행히 차고 넘쳤다. 덕분에 소개팅에 대해 나름대로 일가견이 있었다. 첫 만남에서 서로가 싫다는 확실한 공감대가 형성되지 않는 한 보통 두세 번까지는 상대를 만났다. 한 번의 만남으로 상대를 다 판단하지는 않겠다는, 일종의 인간적 예의인 셈이었다. 그러나 두세 번의 만남 뒤 연락이 끊어지면 바로 그걸로 끝이었다. 그리고 삼 주만 지나면 길에서 마주쳐도 얼굴을 알아보지 못했다. 그러니 소개팅을 다섯 번째 만남까지 이어가는 건 특별한 경우였다. 그렇게 되려면 자신을 백 퍼센트 보여주는 것도 모자라서 백오십 퍼센트로 끌어내서 '캐릭터'를 구축해야 했다.

예컨대, 내가 '목장갑'이라고 불렀던 남자가 있다. 그는 친구가 아는 사람의 후배인 은행원이었다. 남자는 소개팅하는 날 목장갑 한 묶음을 들고 나타났다. 스무 개 정도의 목장갑이 노란색 노끈에 묶여 있었다. 그의 말에 의하면, 오토바이 뒤에 목장갑을 싣고 가던 사람이 한 묶음을 떨어뜨렸는데 아무도 안 가져가서 자기가 집어 왔다는 것이었다. 그는 나에게 목장갑을 통째 선물하고 싶어 했지만 나는 기념으로 하나만 가졌다. 내가 그에게 사귀고 싶을 정도의 호감을 느끼지도 않았으면서, 그래도 꽤 오래 그를 만난 건 순전히 목장갑 때문이었다. 어색할 때면 목장갑 얘기를 할 수 있었으니까. 남자의 성격이나 외모는 잊었어도 그 목장갑만큼은 지금도 뚜렷이 기억하고 있다.

'데카르트'라고 불렀던 남자도 있다. 그는 대답을 유독 느리게 하는 사람이었다. 철학과에 다니던 그는 자신의 생각을 정확하게 알기 위해서 시간이 필요한 거라고 말하곤 했다. 그 역시 '나는 생각한다, 고로 존재한다'는 데카르트의 명제를 떠올리게 하는 캐릭터였기에 다섯 번의 만남까지 이어갈 수 있었다. 그렇듯 기억에 남는 것은 단편적인 사건이나 순간일 뿐이었다. 상대방에 대한 연약한 정보들 중에 특정한 사건이 가져온 캐릭터만 점자책의 문자들처럼 오톨도톨 튀어나와 각인되는 것이었다.

나 역시도 소개팅 때마다 다른 사람으로 변했다. 상대방의 나이나 직업에 따라서 평소에 잘 입지 않는 프릴 달린 원피스를 입기도 하고, 심하게 찢어진 청바지를 입고 나가기도 했다. 호탕한 여자로 보이고 싶어서 과도하게 웃기도 했고, 정숙하게 보이기 위해 짧은 대답과 미소만 던지는 날도 있었다. 오가는 이야기도 달랐다. 정치 성향이 분명한 사람을 만나서는 차기 대선 후보나 부동산 정책의 허점에 대해 이야기했다. 연예인 지망생을 만나서는 가요계 동향이나 좋아하는 연예인 이야기를 나눴다. 은행원을 만나면 유행하는 금융 상품이 무엇인지 물어보았다. 심지어 즉석에서 적립식 펀드에 가입한 적도 있었다. 나는 마치 어떤 캐릭터도 거부하지 않을 자신이 있는 신인 배우와 같았다. 누군가에게 나도 단편적인 방식으로 기억될 것이라고 생각하면 때로는 묘한 기분이 들곤 했지만. 나도 그들에겐 선물 받은 목장갑을 끼어보던 여자, 자기와 비슷한 중도좌파의 정치 성향을 가진 여자, 물을 사러 스타벅스를 나간 뒤에 실종되어버린 여자로 기억될 것이었다.

나는 스타벅스 테이블에 앉아 일렬로 놓인 세 테이블의 연인들을 측면에서 바라보았다. 남자와 여자, 여자와 남자, 또 남자와 여자가 앉아 있었다. 똑같이 생긴 일회용 컵들이 테이블 위에 두 개씩

마주 놓여 있었다. 카페 아메리카노와 카페라테, 카페모카와 화이트 초콜릿 모카, 에스프레소 마키아토와 캐러멜 카페라테. 변주곡처럼 비슷한 이름과 향기의 커피들이 저 안에 담겨 있을 것이었다.

내 바로 옆에 앉은 두 사람은 만난 지 얼마 안 된 모양이었다. 존댓말의 대화가 드문드문 이어졌다. 대화가 끊길 때에는 대화거리를 찾느라 애쓰는 것이 옆에서 느껴질 정도였다. 생각해보면, 나도 소개팅한 남자들과 꽤나 많이 스타벅스에 드나들었다. 스타벅스의 자본이 전쟁 기금으로 쓰인다며 스타벅스를 비판하는 어떤 남자와도 마땅히 갈 곳이 없어 스타벅스에 갔었다. 그러고 보면 스타벅스는 모든 소개팅의 거의 유일한 접점이었다.

사실, 처음 길을 잃었을 때부터 계속해서 떠오르는 남자가 하나 있었다. 내가 '스미스'라고 불렀던 또 다른 사람이었다. 길을 헤매는 내내 그 '스미스'가 떠오른 것은 그가 길을 잘 찾는 남자였기 때문일 터였다. 나는 그를 친구의 친구의 친구의 소개로 만났다. 그는 소개팅으로 만나서 사귀는 사이로까지 이어진 몇 안 되는 남자 중의 하나였다. 아니, 사귀었다고 말할 수 없을지도 몰랐다. 사귄 지오 일 만에 사라져버렸으니까.

그가 '스미스'가 된 것은 영화 〈매트릭스 3〉을 함께 보고 난 뒤였다. 매트릭스에서 스미스 요원은 몸이 수십 개, 수백 개로 분화되어 여기저기 출몰하면서 주인공인 네오를 제압했다. 그 장면이 인상적이었는지 그는 영화를 보고 난 뒤 내 왼쪽과 오른쪽으로 몸을 빠르게 옮기며 스미스 요원 흉내를 냈다. 그렇지만 그가 결정적으로 나에게 '스미스'로 불리기 시작한 것은 내가 길을 잃어버린, 사소한 또 하나의 사건이 있은 뒤였다.

그와 만날 때에도 나는 가게 밖으로 나왔다가 길을 잃은 적이 있었다. 서울의 한 재개발 지구에 있는 비빔밥 집에 갔을 때였다. 비빔밥 집이 오래된 건물에 있어 건물 내부에 화장실이 없었다. 건물 밖에 딸린 화장실에는 누군가 들어가 있는 상태였고, 볼일이 급했던 나는 다른 화장실을 찾아야만 했다. 그러나 몇 블록을 가도 낡은 건물만 나오고 화장실은 보이지 않았다. 나는 더욱 급해졌다. 무작정 달리기 시작했다. 허물기 직전의 낡은 건물을 지나쳐 나온 한 주상 복합 건물에서 겨우 화장실을 찾아냈다. 그러나 잠시 뒤, 화장실에서 볼일을 보고 나왔을 때 그 공간의 낯설음이란!

나는 이미 그곳이 어딘지 모르는 상태에 놓여 있었다. 때문에 정신없이 이리저리 뛰어다니기 시작했다. 그리고 한 십 분쯤 헤매었을까, 코너를 돌았을 때 내 가방을 들고 있는 '스미스'를 발견했다. 그는 내가 어디 있는지 이미 알고 있었다는 듯이 여유 있는 표정을 짓고 있었다. 마치 도처에서 나타나는 영화 속 스미스 요원 같았다. 나는 반가움에 있는 힘껏 달려갔다. 달려가는 도중에 화장실을 찾느라 여기까지 온 얘기를 해야 하나 말아야 하나 고민했다.

그에게 달려가던 순간이 점자책의 글자들처럼 솟아올라 나는 당혹스러웠다. 내가 그와 사귄 것이 순전히 그가 길 찾는 데 놀라우리만큼 뛰어난 능력을 갖고 있었기 때문은 아닐까 하는 생각이 들어 쓸쓸했다. 정말이지 그는 나와 달리 길을 무척 잘 찾았다. 마치 한때 동네 주민이었던 것처럼 어디를 가든지 복잡한 곳을 서슴없이 걸어 다녔다. 약간 허풍 섞인 행동이기는 했지만 해를 보고 양팔로 방위를 맞추기도 했다.

한번은 그와 함께 선유도 공원에 간 적이 있었다. 표지판도 없는 골목길을 그는 이리저리 찾아 들어갔다. 그리고 거짓말처럼 한강 앞으로 나를 안내했다. 어떻게 이렇듯 길을 잘 찾지? 하고 묻자 그는 그냥 알아, 하고 말을 이었다. 이를테면 위에서 본다고 생각하는 거야. 뉴스에서 보면 헬기를 타고 밑을 보듯이 그런 느낌으로 걷는 거지. 그게 어떤 건지 나는 알 수 없었다. 나는 헬기에서 아래를 내려다본다면 길이 아니라 길과 길 사이를 메우고 있는 건물을 보느라 정신이 없는 사람이었다. 그래도 그와 나는 새로운 정보를 차곡차곡 쌓아가는 기분으로 만남을 가졌다.

그런 그가 갑자기 사라진 건 충격이었다. 정식으로 사귄 지 오 일째 되는 날부터 그의 연락은 끊겼고, 휴대폰도 꺼져 있었다. 다음 날도, 그다음 날도 그랬다. 나는 답답했다가 화가 났다가 그저 멍해졌다. 꺼진 휴대폰에 백이십 번 정도 전화를 한 뒤에야 내가 이렇게 전화해도 되는 걸까, 하는 의구심에 휩싸였다. 과연 내가 그럴 입장은 되는 걸까, 싶었던 것이다.

나중에 친구를 통해서 들은 얘기로는 그의 부모도 사라진 그를 찾기 위해 수소문하고 있다고 했다. 부모뿐 아니라 친구들로부터도 사라져버렸다는 것이었다. 나는 친구의 친구의 친구로부터 사실 여부조차 확인할 수 없는 몇 가지 소식을 전해 들을 뿐이었다. 그러나 친구의 친구도 아닌, 친구의 친구의 친구는 너무나 멀었다. 그러나 나는 그 뒤로도 한 달간 꺼져 있는 그의 휴대폰에 전화를 걸었다. 그러다가 어느 순간 내가 일종의 의무감으로 전화를 하고 있었으며 슬프기보다는 얼떨떨해하고 있다는 사실을 깨달았다. 그 뒤부터 나는 그의 실종을 놀라우리만큼 아무렇지도 않게 받아들였다.

그렇다고 그에 대한 단편적인 기억마저 떠올리지 않은 건 아니었다. 그가 사라지고 한참이 지난 뒤 언젠가, 신원 미상인 남자의 사체가 발견되었다는 뉴스를 보았다. 발견된 것은 토막 살인된 사체의 일부분이었다. 나는 문득 저 살해당한 자가 그라면 내가 장례식장에 가야 하는 걸까, 하고 고민했다. 그리고 그 생각조차 얼마 안 가 잊고 말았다. 나중에 친구를 만났을 때 그의 소식을 슬쩍 물어

보았지만 친구는 그게 누군지도 잊어버린 모양이었다. 친구가 나에게 혹시 그와 사귀었던 거냐고 뒤늦게 물었을 때, 나는 고개를 가로저었다.

가끔, 소개팅을 한 사람의 소식을 한참이 지난 뒤 듣게 될 때가 있었다. 믿거나 말거나 소개팅으로 만난 연예인 지망생이 정말 가수로 데뷔해 우리 동네 나이트클럽에 초대 가수로 온 적도 있었다. 나는 그 사람의 얼굴이 새겨진 클럽 전단지를 보면서 한참을 웃었다. 이십 대 초반에 소개팅한 남자가 스물아홉에 설암에 걸렸다는 이야기를 듣고 가슴이 철렁한 적도 있었다. 그러나 그들은 모두 이제 나와는 다시 만날 일이 없는 사람들이었다. 설사 사라진 '스미스'의 소식을 듣는다고 해도 그들과 다를 바 없기는 마찬가지였다.

나는 벽에 걸린, 커피 농가의 한 아프리카 여인이 밝게 웃는 사진을 멍하니 바라보았다. 고갱의 그림에 나오는 타히티 여인들을 떠올리게 하는 얼굴이었다. 문득 사라진 '스미스'가 세계 어딘가의 내가 모르는 스타벅스에 앉아 있을지도 모른다는 생각이 들었다. 그가 건강하고 관능적인 여자와 함께 카페라테를 마시는 장면이 상상되었다. 불가능한 일은 아니었다. 스타벅스는 세계 도처에 있으니까.

이십 분을 기다리지 못하고 스미스가 가버린 거라면 더 이상은 방법이 없었다. 나는 점원에게 가서 혹시 가방이나 메시지를 남겨놓은 사람이 없었느냐고 물었다. 혹시 스미스가 맡겨놓고 가지 않았을까 싶어서였다. 초록색 앞치마를 한 점원은 다른 점원들에게 뭔가 묻는 것 같더니 그런 적이 없다고 대답했다. 그런데 갑자기 기분이 이상했다. 할 수 없이 뒤돌아 나가려는 순간, 밖이 비치는 스타벅스 풍경이 뭔가 다르다는 느낌이 들었다. 아까는 유리창으로 보였던 길 건너편의 정수기 포스터가 눈에 들어오지 않는 것이었다. 맞은편에 있는 가게들을 훑어보아도 나를 스타벅스 밖으로 뛰쳐나가게 했던 정수기 대리점은 어디에도 없었다. 스타벅스 안을 다시 유심히 보았다. 정말이지, 스미스를 만난 스타벅스와 미묘하게 달랐다. 세부적인 것들은 같았다. 검은 피부 여자의 사진과 텀블러 판매대, 탁자에 놓인 2% 밀크와 홀밀크 병, 시나몬 가루와 초콜릿 가루 병까지 모두 똑같았다. 칠판에 쓴 글씨체까지 흡사해 보였다. 그러나 전체적인 배열이 조금씩 달랐다. 마치 같은 내용물을 큰 통 속에 넣고 흔들다가 흩뿌려 놓은 것 같았다. 나는 점원에게 주변에 또 다른 스타벅스가 있느냐고 물어보았다. 점원은 여기는 명동역점이고 십 분 정도 거리에 다른 스타벅스가 있다고 알려주었다.

나는 점원이 그려준 약도를 들고 스타벅스에서 나왔다. 허겁지겁 스타벅스 직원이 표시해준 곳으로 달려갔다. 롯데백화점, 아바타 쇼핑몰, 영화관이 순서대로 나왔다. 물을 사러 나온 지 벌써 사십

분이 넘어가고 있었다. 나는 이마에 흐르는 땀을 닦으면서 스미스에게 할 변명을 생각했다. 쇼윈도에 비친 내 모습이 땀에 번들거렸다.

큰길로 들어서자 거리는 걷기 힘들 정도로 혼잡했다. 노점상들로 가뜩이나 길이 좁아진 데다 어디선지 사람들이 쏟아져 나왔다. 갑자기 사람들과 상점들로 넘쳐났다. 외국인들도 많았다. 원화 가치가 하락하면서 해외 관광객이 늘었다는 뉴스를 본 기억이 났다. 귓가로 여러 나라 언어가 스쳐 지나갔다. 일본인이 쇼윈도에 걸린 옷을 보고 뭐라고 말하자 일행이 가와이, 가와이를 연발했다. 화장품 가게의 직원들은 가게 입구에 서서 일본어와 중국어를 번갈아 쓰며 판촉을 하고 있었다. 이곳이 한국인지 외국인지조차 헷갈렸다.

한 여자가 액세서리 자판 옆에 앉아서 김이 나는 비빔밥을 먹고 있었다. 허기가 밀려왔다. 칠 센티미터 굽의 구두를 신고 걸은 탓에 발목이 시큰

거렸다. 원피스 안감은 땀에 젖어 자꾸 허벅지에 휘감겼다. 종아리 근육도 단단하게 뭉친 게 느껴졌다. 나는 사람들과 노점상을 피해 몸을 움직였다. 사람과 물건으로 꽉 들어찬 이 거리에서 내가 갑자기 증발을 해도 대수롭지 않은 일일 것 같았다. 중국인 관광객 한 무리가 내 쪽으로 몰려왔다. 그중 한 명이 나에게로 와서 지도의 한 지점을 가리키며 어설픈 한국어로 물었다. 여기 어떻게 갑니까? 중국인이 짚은 곳은 명동역 부근의 한 음식점이었다. 나는 뭔가 말해주지 않으면 안 될 것 같아서 사방을 둘러보았지만 그들과 나의 처지가 그리 다르지 않다는 것을 깨달았다. 나는 고개를 저었다.

꽤 많이 걸었다는 느낌이 들었을 즈음 드디어 스타벅스가 모습을 드러냈다. 삼 층짜리 거대한 스타벅스였다. 그러나 그건 내가 찾는 스타벅스가 아니었다. 그 자리에 주저앉고 싶은 기분이었다. 소개팅을 주선한 상사에게 전화해서 스미스의 전화번호를 알아낼까 싶기도 했다. 그렇지만 소개팅해준 남자의 전화번호를 얻기 위해 토요일 오후에 상사에게 전화를 하고 싶지는 않았다. 차라리 이대로 택시를 타고 집으로 돌아가 쉬고 싶었다. 일단 집에 가서 전화번호를 알아낸 다음에 사정을 대충 이야기하고 다음에 밥이라도 사면서 가방을 받으면 될 것 같았다. 마음을 비우고 택시를 잡으려는데 가방 안에 들어 있는 물건들이 떠올랐다. 화장품, 심리학 책 한 권, 사적인 이야기가 적힌 다이어리, 필기구, 핸드폰, 비타민, 탐폰 한 개, 콘돔 두 개. 가방에 든 것들을 하나하나 짚어가다 보니 가방을 찾아야겠다는 생각이 들었다. 그가 본다고 해서 문제가 될 것은 없었지만 뭔가 게임에서 밀리는 기분이 들었다.

나는 우선 스타벅스의 문을 열고 들어갔다. 그리고 점원에게 이 주변에 다른 스타벅스가 있느냐고 다시 물었다. 점원은 잠시 생각하는 듯하더니 말했다. 어떤 스타벅스를 찾으시나요? 명동에만 일곱 개의 스타벅스가 있는데요. 나는 비로소 스타벅스가 어디냐고 묻는 것이 무의미하다는 사실을 깨달았다.

차가운 얼음이 섞인 카페라테가 먹고 싶었다. 카페인이 내 생활의 리듬을 무너뜨릴 것이라는 한 시간 전의 깨달음과 다짐도 잊고 아이스 카페라테를 시켰다. 그것만으로도 부족해 나는 유리장 안에 든 치즈케이크 한 조각과 크로와상 두 개를 추가로 시켰다. 이렇게 주문하고도 뭔가 부족함을 느꼈다. 아르바이트생이 더 필요한 거 있으세요? 하고 물을 때까지 나는 입술을 깨물며 고민했다. 결국 엑셀런스 초콜릿 바를 추가했다. 주문한 게 나오기를 기다리는데 유리장 안에 가지런히 놓인 하늘색 병의 에비앙 물병이 보였다. 낭패였다. 스타벅스에서도 물을 판다는 사실을 이제야 깨닫다니. 아니면 불면에 효과가 있다는 카모마일 차를 주문해도 좋았을 것을.

주문한 것을 테이블에 가득 올려놓은 채 나는 망연자실 앉아 있었다. 그러다가 카페라테에 꽂힌 빨대로 천천히 입을 가져갔다. 목구멍을 타고 차가운 카페라테가 흘러 내려가는 것을 느꼈다. 익숙한 맛과 향기에 긴장이 풀렸다. 생각해보면, 나에게 길을 잃는다는 것은 익숙한 일이었다. 어렸을 때부터 나는 익숙한 길도 곧잘 잃어버리기 일쑤였다. 길을 찾는 것은 실타래를 푸는 것과 비슷했다. 이론적으로 생각하면 푸는 것은 꼬인 만큼만 실을 이동하면 되었다. 하지만 실을 푸는 데는 꼬는 것보다 훨씬 더 많은 시간이 걸렸다. 돌아가는 길이 보이기 않기 때문이었다. 피로감은 체념을 불러왔고, 체념은 오히려 달콤했다.

쟁반에 올려진 것들을 천천히 즐기며 나는 주위를 둘러보았다. 세 번째로 방문한 스타벅스 역시 배열만 다를 뿐 내용물은 똑같았다. 반쯤 서로에게 몸을 파묻고 있는 연인들과 혼자서 책을 읽는 사람, 수다 떨기에 여념이 없는 동성 친구들까지 어느 스타벅스나 비슷한 모습이었다. 한 남자는 토요일 오후인데도 근무를 하는지 사원증 목걸이를 목에 건 채 노트북으로 무엇인가 작업을 하고 있었다. 남자가 굳은 목을 풀려는지 고개를 좌우로 움직이는 것을 보다가 나는 남자의 얼굴이 어딘가 낯익다고 생각했다. 남자와 나 사이에는 빈 테이블이 두 개가 있었다. 나는 초콜릿 바를 입안으로 가져가며 남자를 관찰했다. 누군지 생각이 선뜻 나지는 않았지만 이목구비가 어디선가 본 듯했다. 잠시 후, 남자가 누구와 닮았는지 생각나는 순간, 나는 손에 들고 있었던 초콜릿 바를 떨어뜨릴 뻔했다. 그는 실종되었던 '스미스'였다.

그가 다시 노트북 자판을 치기 시작했다. 외근을 나온 회사원처럼 보였다. 나는 몰래 곁눈질로 그를 관찰했다. 거리가 있어서 잘 보이지는 않았지

만 이목구비나 앉아 있는 자세가 틀림없는 '스미스'
였다. 물론 예전보다 사회인 특유의 힘이 들어가
보이는 모습이었다. 피부도 더 희어진 것 같았다.
의욕이 가득한, 성공이 예약된 사회 초년생 같은
모습에서는, 스미스 요원을 흉내 내던 장난스러운
예전의 모습은 찾아볼 수 없었다.

　그동안 저 '스미스'는 어디에 있다가 돌아온 것일
까. 어째서 그가 돌아왔는데도 나는 그 사실을 알
수 없었던 것일까. 다소 드라마틱한 상상이지만 그
가 사고를 당해서 기억을 잃은 것일 수도 있었다.
그래서 얄팍한 우리 관계를 잊은 것일 수도 있었
다. 아니면 아예 실종되었던 적이 없었던 것이 아닐
까. 나는 그 역시 그동안 소개팅에서 만난 남자들
과 다를 바 없다고 생각했던 아까와는 달리 그가
궁금해서 견딜 수 없었다. 그러나 어떻게 말을 걸
어야 할지 몰라 그를 그냥 지켜보기만 했다.

　스타벅스 안으로 회사원으로 보이는 한 무리의

남자들이 들어왔다. 스타벅스 주변에 회사가 많은 모양이었다. 그들은 '스미스'와 나 사이에 있는 테이블을 가득 메웠다. 더 이상 '스미스'는 보이지 않았다. 주말 근무라도 하는 듯 모두 다 단정한 차림이었다. 나는 잠시 '스미스'에게서 눈을 떼고 그들을 바라보았다. 비즈니스 캐주얼 차림에 길지도 짧지도 않은 머리, 목에 액세서리처럼 걸려 있는 사원증 목걸이. 공교롭게도 모두 얇은 테의 안경을 쓰고 있었다. 나는 '스미스'와 함께 보았던 영화 매트릭스가 생각났다. 같은 모습으로 분화되어 여기저기 출몰하던 스미스 요원들. 내 앞에 앉은 회사원들이 모두 스미스 요원처럼 보였다.

옆자리에는 머리를 노란색으로 염색한 일본인 여자 두 명이 스타벅스 한켠에 있는 일본어로 표기된 명동 지도를 보느라 머리를 맞대고 있었다. 또다시 나와 저들의 처지가 하나도 다르지 않다는 걸 깨달았다. 나는 스타벅스에 비치된 한국어 지도를 가져다가 책상 위에 펼쳤다. 친절하게도, 명동에 있는 일곱 개의 스타벅스가 모두 표시되어 있었다. 나는 지금 있는 지점에서 내가 처음에 갔던 스타벅스로 가는 단 하나의 선만 그으면 되었다. 하지만 어느 스타벅스로 그어야 한단 말인가. 알 수 없었다. 나에게 일곱 개의 스타벅스는 선으로 이어진 것이 아니라 그냥 하나의 점으로서 존재할 뿐이었다.

나는 길을 찾을 때는 전체를 조망할 수 있어야 한다던 '스미스'의 말이 생각났다. 앞에 있는 '스미스'에게 묻고 싶었다. 이 수많은 길 중에서 어느 곳으로 가야 하는 거냐고. 나는 지도를 쥐고 자리에서 일어났다. 그리고 스미스 요원 같은 회사원 무리를 지나 '스미스'에게로 갔다. 우선 어떻게 지냈느냐고 간단한 안부를 물으려고 했다. 대체 무슨 일이 있었던 것이냐고도 묻고 싶었다. 그리고 어느쪽으로 가야 할지 물어야 했다. 예전에 길 잘 찾았잖아, 하고 웃어 보이면 되는 것이었다. 나는 '스미스' 바로 앞으로 걸어갔다. 그가 노트북에서 고개를 들어 나를 보았다. 그와 나의 시선이 얽혔다가, 이내 흩어졌다. 모르는 사람을 보았을 때의 눈빛이었다. 순간, 나는 혼란스러웠다. 이 사람이 내가 만났던 '스미스'가 맞는 것인지 확신할 수가 없었다. 그 자리에 서서 쭈뼛거렸다. 그리고 지도를 쥔 채로 스타벅스 밖으로 나오고 말았다.

나는 걷기 시작했다. 지도를 보아가며 표시된 스타벅스를 하나하나 가보기로 했다. 명동 거리는 약간은 낯설기도 하고, 약간은 익숙하기도 했다. 사람들은 더욱 많아져서 이리저리 치이며 길을 걸어야 했다. 처음 도착한 스타벅스는 처음 와보는 곳이었다. 스타벅스 앞에 분수대가 있었다. 두 번째로 간 스타벅스도 처음 와본 곳으로, 좌석이 열 개 남짓밖에 되지 않는 작은 스타벅스였다. 다음으로 어색한 남녀가 앉아 있던 스타벅스를 다시 만났다. 옆에 있는 형제슈퍼와 옷가게 선인장을 다시 보았을 때는 뭔가 신기한 느낌마저 들었다. 그리고 다섯 번째에 찾은 스타벅스가 바로 내가 처음으로 출발한 스타벅스였다.

익숙한 간판과 마크를 나는 새삼스럽게 한참이나 바라보았다. 유리창 안으로 아직도 그 자리에 앉아 있는 스미스가 보였다. 그는 탁자 위에 펼쳐놓은 책 위에 흔들림 없이 시선을 고정하고 있었다. 평소처럼 등을 곧추세우고 앉은 모습이었다. 마치 처음부터 독서를 즐기기 위해 혼자 스타벅스에 온 사람 같았다. 첫 만남 때만큼이나 낯설게 느껴졌다. 아직까지 나를 기다려준 것에 대해 뭐라고 말해야 할지 머리가 복잡했다. 나는 유리문에 비친 내 모습을 보았다. 화장이 땀에 지워지고 지친 얼굴이었다. 나는 문을 열고 들어갔다. 익숙한 스타벅스의 공기와 향기가 느껴졌다. 소품들도 다른 곳과 다를 바 없었다. 같은 모양의 텀블러, 같은 색채의 그림, 같은 내용의 메뉴. 다른 스타벅스와 다른 것이 있다면, 저곳에 스미스가 있다는 것뿐이었다. 갑자기 이곳을 찾아 헤맨 것이 조금은 우습게 느껴졌다. 창밖으로 여배우가 유리잔을 들고 있는 정수기 포스터가 보였다. 스미스는 내가 다가가는 것도 모르고 계속 책 속에 시선을 고정하고 있었다. 두꺼운 것으로 보아 경제학 전공 서적일지도 몰랐다. 저런 책을 가방에 늘 갖고 다닌다는 사실이 새삼스럽게 놀라웠다.

나는 스미스에게 다가가서 말했다. 길을 헤맸어요. 스미스는 양장본의 책을 탁, 소리가 나게 덮고는 나를 올려다보았다. 스미스의 얼굴을 본 순간, 나는 이 남자 역시 라운드 니트를 입고 얇은 테 안경을 쓰고 있다는 사실을 깨달았다. 아까 만난 '스미스'와, 그 많은 스미스 요원들과 다를 바가 없는 모습이었다. 할 말을 잃었다.

나는 가방을 들고 스타벅스를 나왔다. 그리고 다시 길을 걷기 시작했다.

말해봐요, 미스 신

**"**

나는 애 같은 건 낳지 않을 거야. 그리고 이건 정말 확
실한 건데, 우리 엄마는 그 일 때문에 평생 나를 미워했
어. 아까 본 케이크 위의 글씨가 떠올랐다. 어쩌면 J가
아이를 뗀 5년 전 나를 진심으로 축하하고 있는 것일지
도 모른다는 생각이 들었다. 내가 잠깐 생각에 빠져 있
는 사이 J는 그대로 잠이 들어버렸다. 오히려 나는 정신
이 맑아져서 자리에서 일어나 J가 사온 바나나 케이크
를 먹었다. 케이크는 역시 달았다.

**"**

혼자 남은 사무실은 평온했다. 이 사장은 집에 일이 있다면서 먼저 나갔다. 나는 속으로 집에 일은 무슨, 분명 노래방 도우미 만나러 가는 거겠지, 하고 생각했으면서도 걱정 마세요, 하고 짧게 대답했다. 이 사장은 회사 옆에 있는 '텐프로 노래방'의 도우미 아가씨에게 빠져 있었다. 시계를 보니 점심시간이었다. 나는 책상 옆에 붙은 갖가지 배달 음식 메뉴를 보며 무엇을 먹을지 생각했다. 혼자 점심을 먹는 시간이 갑자기 주어진 축복처럼 느껴졌다. 그 행복을 좀 더 만끽하려고 나는 열 개가 넘는 메뉴를 하나씩 짚으며 천천히 골랐다. 수백 개가 넘는 음식의 이름과 사진이 눈을 현혹시켰다. 그러나 고민 끝에 선택된 돈가스집에서는 원래 만원 이하는 배달 안 한다며 떨떠름하게 대꾸했다. 그제야 전단지 아래에 씌어 있는 '메뉴 두 개 이상 배달'이라는 문구가 눈에 들어왔다. 나는 전화를 받은 사람이 전화를 끊기 전에 급히 왕돈가스 하나를 더 추가했다.

먹지도 못할 돈가스를 두 개나 시켜버렸다는 생각에 멈칫했지만, 나는 이내 기분이 좋아졌다. 왠지 호사로운 일을 한 것 같았다. 그 기분을 만끽하며 소파 위로 몸을 늘어뜨리고 누웠다. 소파 밖으로 나온 무릎을 흔들거리다가 핸드폰으로 남자 친구인 H에게 문자를 보냈다. 뭐해? 뻔한 문자를 보내놓고는 뻔한 대답을 기다렸다. 대답은 세 가지 중 하나일 것이었다. 자다 일어났어, 피시방이야,

그것도 아니면 이력서 써. 마지막 것은 그다지 가능성이 없어 보였다. 올해 전문대를 졸업한 H는 구직 중이라고는 하지만 그다지 열의는 없었다. 이대로 버티다 보면 돈 많은 부모가 뭐든 해주지 않을까, 하고 기대하는 심보인 듯했다.

문자를 보내자마자 핸드폰이 진동했다. 나는 H에게 답장이 온 줄 알고 잠시 놀랐다. H는 내 문자에 바로 답장을 보내는 일도, 전화를 한 번에 받는 법도 없었다. 물론 먼저 연락을 하는 일도 거의 없었다. H는 컴퓨터 자판을 누르는 것을 제외하고는 모든 걸 귀찮아했다.

역시 문자를 보낸 사람은 H가 아닌 J였다. 오늘 집에 빨리 와. 나 회사 그만뒀어. 나는 J의 문자를 2초쯤 바라보다가 그냥 핸드폰을 닫아버렸다. J의 이번 직장은 음식물 쓰레기 분쇄기를 만드는 곳이었다. 덕분에 집에는 색깔이 다른 음식물 쓰레기 분쇄기가 세 개나 있었다. 늦봄에 들어가 초여름에 나온 것이니 일했다고 말하기도 부끄러운, J의 일곱 번째 직장이었다. 얼마 지나지 않아 J에게서 다시 문자가 왔다. 야, 자장면 가게 스티커 어디 있어? 나는 마지못해 답장을 보냈다. 싱크대 서랍 열면 붙어 있어. 그러나 문자를 보내기가 무섭게 J의 전화가 왔다.

J는 비로소 폭발물의 투하 지점을 찾은 사람처럼 속사포로 말을 쏟아냈다. 싱크대 서랍이 한두 개야? 정확히 좀 알려줘. J가 흥분할수록 나는 침착한 목소리로 대꾸했다. 싱크대 바로 아래에 있는 큰 서랍 말이야. 칼 들어 있는 데. 내 목소리가 가라앉자 J는 다시 흥분했다. 싱크대 서랍을 여는지 우당탕거리는 소리가 들렸다. J가 갑자기 목소리에 물기를 넣어서 울먹거리듯이 말했다. 야, 근데 나 오늘 회사 그만뒀다니까. 이럴 때는 틈을 두지 말고 바로 치고 들어가듯 말해야 했다. 경험상, 그래야만 J의 하소연을 끊을 수 있었다. 나는 J의 말이

끝나기가 무섭게 대꾸했다. 문자 봤어. 근데 나는 지금 불행하게도 일하는 중이니까 이따가 집에서 얘기해. J는 약간 풀 죽은 목소리로 대꾸했다. 매정한 년, 이따가 집에 올 때 말이야. 나는 그 즈음에서 J의 말을 채 다 듣지 않고 전화를 끊어버렸다.

H의 답장이나 돈가스보다 먼저 도착한 것은 나 사장이었다. 막 J의 전화를 끊었을 때 나는 계단에 울려 퍼지는 나 사장의 소리를 듣고 말았다.

"음, 음, 미친년! 쌍년!"

'음성틱'이라는 병을 앓고 있는 나 사장은 시도 때도 없이 원색적인 욕을 내뱉었다. 청각에는 험담이나 욕은 더 잘 들리는 기능이 있는지 꽤 희미한 소리였는데도 나 사장의 두 어절의 욕이 귀에 쏙 들어왔다.

나 사장이 문을 열고 사무실 안으로 들어왔다.

평소와 같이 끝까지 단추를 채운 흰색 와이셔츠에 회색 긴팔 정장 차림이었다. 나는 소파에서 벌떡 일어났다. 사장님, 일찍 나오셨네요. 나의 말에 나 사장은 고개를 끄덕이며 뒷주머니에서 손수건을 꺼내 이마의 땀을 닦았다. 나 사장은 자기 사무실에 오는 것인데도 이 사장이 급한 일이 생겼다고 전화해서 왔다며 변명을 했다. 그리고 시간차 공격을 하듯 왕돈가스가 도착했다. 정말이지 이름이 부끄럽지 않은 커다란 돈가스였다. 두 개의 접시를 보고 의아한 눈빛을 보내는 나 사장에게 나는 두 개를 시켜야만 한다기에…… 같이 드세요, 하고 어설프게 웃어 보였다.

나 사장과 나는 처음으로 마주 보고 앉아 밥을 먹게 되었다. 그동안 나 사장은 틱 장애 때문인지 사무실에는 거의 나오지 않고 재택근무를 했다. 나는 처음으로 나 사장을 자세히 볼 수 있었다. 그는 올곧은 자세로 앉아 나이프와 포크로 정갈하게 왕돈가스를 썰었다. 키가 작은 나 사장은 얼굴만 늙은 모범적인 초등학생 같았다. 나 사장은 돈가스를 썰다가, 샐러드를 소스에 비비다가, 고기를 씹다가 종종 미친년! 쌍년! 하고 소리쳤다. 그럴 때마다 입 밖으로 씹던 고기 덩어리가 허공에 튀어나오기도 했다. 그뿐이 아니었다. 밥 먹는 것이 고역스러운지 중간중간 손수건으로 흐르는 땀을 닦아댔다. 아무리 병이라고 해도 어쩌면 저렇게 어수룩한 사람이 그런 실감나는 욕을 할 수 있는지 의문이었다. 나 사장의 욕설은 마치 전혀 다른 장르의 곡을 실력 있는 디제이가 교묘하게 붙여놓은 것만 같았다. 또는 깔깔대면서 웃다가도 십 초 안에 눈물을 흘리는 연기파 배우의 연기를 보는 것 같기도 했다.

내가 'J&J 재무 컨설팅'의 경리로 들어온 것은 한 달 전이었다. 이름이야 제법 거창하지만 두 명의 사장과 내가 전부인 작은 회사였다. 한 달 전쯤 이력서를 올려놓은 한 용역 회사에서 전화가 왔었다. 담당자는 회사 이름과 규모, 위치 등을 말한 뒤 일할 생각이 있느냐고 물었다. 집도 가깝고 달리 문제 될 것은 없었다. 무엇보다 회사에서 제시한 월급이 지난번 회사보다 삼십만 원이나 많았다.

면접은 간단했다. 이 사장은 스무 살 때부터 삼년간 경리로 일했던 나의 이력을 확인한 뒤 몇 가지 업무를 설명해주었다. 그러고 나서 이 초 정도의 여유를 두더니 나에게 물었다. 자네, 틱tic이라는 질병에 대해서 뭐 좀 알고 있나? 나는 그 단어의 생소함에 '튀기'요? 하고 되물었다. 그는 아니 됐네, 하고 말을 얼버무렸다. 나는 머지않아 틱이라는 질병에 대해서 알게 되었다.

나 사장을 처음 만난 것은 출근한 지 일주일이 지난 시점에서였다. 나 사장은 백육십 센티미터가 채 되지 않는 작은 키에 작은 몸집의 중년 남자였다. 몸에 꼭 맞는 셔츠와 회색 정장을 공식 유니폼처럼 입고 다녔다. 그는 얼굴 전체에 번들거리며 흘러내리는 땀을 연신 손수건으로 닦아냈다. 그러고는 작은 목소리로 나일군입니다. 잘 부탁합니다, 하고 나를 향해 중얼거리듯 말했다. 나 사장은 사정이 있어 주로 집에서 일하고 가끔씩만 나온다고 이 사장이 설명했다. 주식 투자는 인터넷만 있으면 어디서든지 할 수 있으니까 나는 그러려니 했다.

나 사장은 이상하리만큼 말이 없었다. 모니터만 묵묵히 바라보는 그는 틈날 때마다 나에게 말을 거는 이 사장과는 딴판이었다. 그랬기 때문에 나 사장이 허공에 대고 큰 소리로 욕을 뱉어냈을 때 나는 놀라지 않을 수 없었다. 그는 얼굴을 불안정하게 흔들더니 고개를 좌로 틀었다. 음, 음, 마치 낮은 기계음처럼 신음 소리를 몇 번 반복하다가 갑자기 사무실을 날려버릴 것 같은 큰 목소리로 나가! 꺼져! 하고 외쳤다. 나는 무슨 일인가 하고 나 사장 쪽을 둘러보았지만 그곳에는 나 사장 외에는 아무

도 없었고 말없이 에어컨 한 대가 돌아가고 있을
뿐이었다.

　나 사장을 처음 만난 날 나는 집에 가서 J에게
이 이야기를 했다. J는 텔레비전에서 본 적이 있다
면서 의지와는 다르게 뜻이 없는 소리나 욕이 튀
어나오는 병이라느니, 절대 고칠 수 없는 불치병이
라느니, 그 병에 걸려서 이혼하고 자식과도 연을
끊은 남자도 봤다느니 틱에 대해서 근거 없는 이야
기를 모두 늘어놓았다. J는 내가 안됐다는 듯이 말
했다. 그런 곳을 어떻게 다니니? 매일 수십 번씩 욕
을 먹으면서. 그렇지만 나는 별로 상관없다고 생각
했다. 생각해보면 살면서 수없이 욕을 먹었다. 친구
들도 욕을 하고 엄마도 내 이름보다 야 이년아, 하
고 부르는 일이 많았다. 복잡한 지하철 안에서도
하루에 한 번쯤은 시비가 붙게 마련이었고 그럴 때
면 어김없이 난무하는 욕을 고스란히 들어야만 했
다. 퇴근길에 학교 끝나고 집에 가는 고등학생이라

도 만나면 더 심했다. 그 애들은 좆같다느니 씨발 같은 욕을 일상어로 썼다. 나 사장이 일부러 욕을 하는 것도 아니고, 게다가 돈을 받으면서 듣는 욕 이라면 더 고민할 필요가 없었다.

　내가 의외로 틱이라는 질병에 무덤덤한 반응을 보이자 가장 기뻐한 사람은 이 사장이었다. 그동안 여직원이 자주 바뀌어서 새 사람 구하느라고 고생 좀 했다며 푸념을 늘어놓았다. 처음에는 다들 잘 지내다가도 나 사장이랑 몇 번 있다 보면 도저히 못 지낼 것 같다면서 나가버렸다고 했다. 내가 들어 온 뒤 그는 자리를 비우는 시간이 급격히 늘었다.


왕돈가스는 좀처럼 줄지 않았다. 나 사장과 나 는 말 한마디 없이 묵묵히 돈가스를 먹었다. 배경 음처럼 나 사장이 가끔 소리를 질러대는 것만 빼고 는 조용했다. 먼저 말을 꺼낸 것은 나 사장이었다.

나 사장은 마치 혼잣말을 하듯이 허공에 대고 말했다. 내가 좀 불편하지는 않나요? 나는 불편하지 않다고 대답했는데 그것은 어느 정도 진심이었다. 사실 나 사장과 함께 있을 때의 좋은 점은 말이 없다는 것이었다. 오히려 말 많은 이 사장을 상대하는 게 나로서는 더 힘들었다. 그는 일을 하면서도 나에게 끊임없이 말을 해댔다. 대부분은 투자자들에 대한 욕이거나, 경제 시장에 대한 이야기였다. 자네, 워렌 버핏이라고 아나? 오마하의 현인이라고 불리는 미국의 주식 투자자 말이야. 아, 오마하는 미국의 외곽 지역인데 말이야, 우리나라로 치면 전라도쯤 되려나. 어쨌든 대박이 나려면 이런 데다 십 년을 보고 투자를 해야 한다는 말이지. 그런데 우리 투자자들은 말이야, 그걸 모르고 주식이 조금만 하락해도 전화하고 문자 보내고 난리가 아니야. 우리나라 수준이 이 정도라고! 나는 그런 이 사장의 수다를 듣는 게 곤욕스러웠다. 그런 이 사장에 비해 악의를 담고 있지 않은 나 사장의 욕은 오히려 랩처럼 느껴졌다. 예전에 한 광고에서 랩의 기본은 북치기, 박치기라고 하던데 그러고 보니 나 사장의 욕도 항상 두 어절로 이뤄졌다. 미친년, 쌍년 아니면 나가, 꺼져. 이 두 가지 말이 음, 음이라는 후렴구와 만나 다양한 배치를 이루며 끊임없이 반복되었다.

나 사장은 내 대답에 고개를 끄덕이고는 다시 돈가스를 먹기 시작했다. 나는 뭔가 대답이 충분치 않은 것 같아 일부러 그러시는 것도 아니잖아요, 하고 덧붙였다. 나 사장이 음음, 소리를 내며 몸을 부르르 떨더니 고개를 좌로 돌리고 미친년, 쌍년 하고 외쳤다. 나 사장은 포크와 나이프를 한쪽에 가지런히 놓더니 말했다.

"미스 신, 내 말을 오해하지 말고 들어줬으면 좋겠어요. 그동안 나 때문에 경리가 자주 바뀌었고 그래서, 나는 미스 신도 그렇게 나가길 원치 않아요. 음. 음. 미친년, 쌍년! 아, 정말 미안해요."

나 사장은 뭔가를 고민하는지 잠시 말을 쉬었다.

"그래서 내가 생각한 게 있는데, 음. 음. 내가 미스 신한테 욕할 때마다 미스 신도 나한테, 음. 음. 미친년! 쌍년! 아, 정말 미안해요. 그러니까 바로 이럴 때마다 미스 신도 나한테 욕을 하는 거예요. 오해하지는 말고 들어요. 처음에는 괜찮다던 사람들도 시간이 지나면 다 나 때문에 일을 못하게 되니까 하는 말이에요."

나는 내가 잘못 들은 게 아닐까 싶었다. 그러니까, 지금 나 사장은 나에게 욕을 하라고 말하고 있는 것이었다. 나 사장이 용기를 얻은 듯 계속 말했다.

"생각해봤는데, 이걸 미친놈 계약이라고 부르면 어떨까요. 생각해봐요."

미친놈 계약이라니. 점잖은 데다 조금은 불행해 보이는 나 사장은 사실 은근히 실없는 사람이 아닐까 하는 생각이 들었다. 그러나 나 사장은 한없이 진지한 눈빛이었다. 나는 정말 괜찮다면서 손을 내저었지만 나 사장은 이미 확고한 결심이 선 듯 내 말을 들으려고도 하지 않았다. 마침 왕돈가스 그릇을 가지러 오지 않았다면 나는 나 사장의 눈빛에 이끌려 정말 미친놈이라고 욕을 해버렸을지도 몰랐다.

키보드를 두드리는 소리만 작은 사무실에 울렸다. 나 사장은 복잡한 숫자가 떠 있는 표를 보며 매수와 매도 사이에서 바쁘게 돌아다니고 있을 것이었다. 간혹 키보드 소리가 멈추고 음, 음, 하는 신음이 난 다음 나가! 꺼져! 또는 쌍년! 미친년! 하는 소리가 들려왔다. 그때마다 나 사장이 내 쪽을 의식하는 것을 보지 않아도 알 수 있었다. 나는 일부러 아무렇지도 않은 듯 행동했다. 간혹 투자 상담을 원하는 전화가 걸려왔는데, 그럴 때는 컨설턴트들이 모두 외근 중이라고 하고 인터넷 상담 방법을 알려주었다. 시도 때도 없이 욕이 튀어나오는 나 사장이 전화를 받을 수는 없는 노릇이었다. 밥 먹은 것을 전표 처리하고 새롭게 구입한 사무 용품을 체크하고 나자 달리 할 일이 없었다. 나 사장이 말한 미친놈 계약에 대해 생각하는데 뒤늦게 H의 문자가 도착했다. 피시방에 있어. 그 뒤에 붙어야 할 '넌?'이 없었기 때문에 나는 딱히 할 말이 없어졌다.

5시 반이 되자 나 사장은 서둘러 나를 집으로 보냈다. 쥐꼬리만 한 월급을 주면서 야근은 밥 먹듯 시켰던 전 직장에 비해 꽤 신사적인 곳이었다. 나 사장은 나가는 내 등 뒤로 저, 다시 한 번 생각해봐요, 하고 말했다. 나는 적당히 웃음으로 얼버무리고 사무실을 빠져나왔다. H에게 전화를 걸었지만 받지 않았다. 내 전화를 한 번에 못 받는 병에라도 걸린 것 같았다. 나는 H가 있는 피시방으로 갔다. 매캐한 담배 연기와 어두운 조명 때문에 H

의 얼굴이 잘 보이지 않았다. 화면 속 근육질의 군인 캐릭터가 상대편의 공격에 무릎을 꿇고 쓰러지며 엔딩 그림이 뜨자 H가 검지로 타닥 소리를 내며 자판을 눌렀다. 나는 비어 있는 옆자리에 앉으며 나 왔어, 하고 말했다. H는 나를 한 번 쳐다보고는 이내 모니터로 시선을 돌렸다. 밥 먹으러 가자는 나의 독촉에 H가 자리에서 일어난 것은 같은 캐릭터가 다섯 번 정도 죽은 뒤였다.

우리는 밥과 커피와 술을 한꺼번에 파는 레스토랑에 가서 볶음밥과 맥주를 시켰다. 아직까지도 2002년 월드컵 때 유행한 레드데블스라고 새겨진 빨간 수건을 천장에 장식해놓은 곳이었다. 볶음밥은 너무 기름져 반도 먹기 전에 질려버렸다. 늦은 저녁인데도 날씨는 더웠다. 결국 볶음밥을 한 그릇 먹기도 전에 우리는 맥주부터 네 병을 비웠다.

H가 말했다. 나 대학원에 갈지도 몰라. 엄마가 놀 거면 대학원이나 가라고 하던데. 나는 할 말을

생각하느라고 천천히 입맛을 다셨다. 기름 맛과 맥주 맛이 동시에 느껴졌다. 잠시 뒤 겨우 물었다. 무슨 대학원? H는 미국 노스캐롤라이나주에 있는 한 학교는 입학금만 내면 별 준비 없이도 들어갈 수 있다고 말했다. 미국? 기껏해야 지방 어디에 있는 대학원일 거라고 생각했던 나는 생각보다 큰 소리로 되묻고 말았다. H는 맥주의 마지막 모금을 입안에 머금은 채 고개를 끄덕였다.

맥주를 다 마신 우리는 걸어서 단골 여관에 갔다. 씻지도 않은 채 섹스를 했고 30분이 지나기도 전에 둘 다 지쳐버렸다. 나는 노스캐롤라이나에 있다는 그 학교 얘기를 더 해보려고 했지만, H도 별다른 정보는 없는 듯했다. 침대에 엎드린 채 죽은 짐승처럼 늘어져 있는 H에게 내가 물었다. 그런데 노스캐롤라이나는 미국의 어디쯤이지? H가 침대보에 묻혀 거의 들리지 않는 소리로 말했다. 나도 잘 몰라.

H와 헤어져 집에 돌아오는 길에 마트에 들렀다. 맥주 두 병을 꺼낼 때 J에게 문자가 왔다. '집에 오는 길이야? 그럼 바나나 한 송이만 사다줘^^ 아참, 생리대도.' 기가 막힌 타이밍이었다. 나는 삼천오백 원짜리 바나나 묶음을 집으려다가 '하루지난상품' 코너에서 귀퉁이가 검게 변한 천 원짜리 바나나를 샀다.

집에 도착했을 때 J는 텔레비전을 보고 있었다. J가 보고 있는 것은 오프닝만 발랄할 뿐 삼십 분 동안 세 번은 통곡하는 장면이 나오는 일일 드라마였다. 나는 J에게 바나나를 내밀었다. J는 바나나를 보자마자 이런 것은 너무 달고 촉감도 좋지 않아서 먹을 수가 없다느니, 이번 회사는 돈도 많이 준다면서 짜게 군다느니 불평을 늘어놓았다. 땀에 전 옷을 갈아입는 나를 보더니 이번에는 날씨가 너무 더워서 못 살겠다며 에어컨을 사야겠다고 투덜거렸다. 아, 더워! 더워서 미칠 것 같아! J의 불평을 뒤로한 채 나는 맥주를 꺼냈다.

바나나를 안주로 우리는 맥주를 마셨다. J가 회사를 그만두게 된 사연을 꺼내놓기 시작했다. 내가 생리 휴가를 쓰려고 했더니 좆같은 것들이 자기 두 주 전에 생리 휴가 쓰지 않았어? 하고 묻는 거야. 한 달에 생리를 두 번 하는 여자도 있냐고. 어차피 달이 바뀌었는데 언제 쓰든 무슨 상관이야. 그래서 불순이에요, 하고 말해줬지. 그리고 내 자리로 돌아가 앉았는데 갑자기 아랫배가 막대기로 쑤시는 것처럼 아파오는 거야. 너무 아파서 소리를 질러버렸어. 그리고 그대로 나와버렸지. 그 꼴같잖은 회사, 끔찍한 냄새가 나는 화장실을 처음 봤을 때 나와버렸어야 했어. J는 어딘가에 취직을 할 때 화장실이 청결한지 아닌지를 제일 중요하게 봤다. J의 말에 의하면, 어렸을 때 시골 외갓집에 갔다가 문고리가 고장 나는 바람에 더러운 화장실에 세 시간이나 갇혀 있었던 기억 때문이라고 했다.

J와 나는 고등학교 동창이었다. 5년째 같이 살고 있다고 하면 꽤나 친한 친구인 것 같지만 우리가 친한 사이인지는 나조차도 의문이었다. 고등학교 때 J의 별명은 정신병자였다. 줄여서 병자라고도 불렀다. J에게는 이상한 습관이 있었다. 수업을 받다가, 체육 시간에 운동장을 뛰다가, 점심시간에 밥을 먹다가 갑자기 배를 부여잡고 비명을 질러대곤 했다. 마치 급성맹장 환자처럼 장이 끊어질 듯이 아, 아아악! 하고 소리를 지르며 그 자리에 주저앉아버렸다. 처음에 반 친구들은 당황한 나머지 응급차를 부르고 J를 양호실에 데려다주기도 했다. 그때까지만 해도 J는 꽤 예쁘장한 얼굴에 몸이 좀 약한 보호해야 할 대상으로 여겨졌다. 하지만 이런 일이 일주일에 한 번 꼴로 잦아지면서 반 친구들은 J를 의심하기 시작했다. 그리고 결국에는 아무

도 J에게 다가가지 않았다. 나중에 J에게 물어본 바로는 꾀병이 아니라 정말로 다 아팠던 거라고 했다. 정말인지 아닌지 알 도리가 없었다.

2002년 여름은 월드컵 때문에 학교도 술렁였다. 그때, 우리나라가 월드컵에서 어디까지 올라갈 것인지보다 나에게 더욱 현실적이었던 고민은 그야말로 '어쩌다' 생겨버린 아이를 어떻게 지우냐는 것이었다. 나는 월드컵의 개막을 앞두고 있던 어느 날 두 달째 생리를 안 했다는 사실을 깨달았고 임신 테스트기를 샀다. 우리나라 국가대표팀이 승승장구를 하는 동안에는 백화점에서 단기 알바를 하면서 돈을 모았고 어디서 수술을 해야 할지 정보를 수집했다. 그리고 내가 정한 디데이는 공교롭게도 우리나라가 이탈리아와 16강전을 치르는 날이었다. 반 친구들은 야간 자율 학습 시간에도 우리 팀이 어디까지 올라갈지 이야기하느라 정신이 없었다. 아이들이 어딘가에서 주먹을 불끈 쥐고 우리나라를 응원하는 동안 나는 인터넷에서 찾아본 시술 과정에 대해서 생각했다.

하교를 앞둔 마지막 수업 시간이었을 것이다. J가 아, 아아아! 소리를 지르기 시작했다. 아이들은 마치 못 들은 듯이 칠판만 쳐다보았고 선생님 역시 칠판에 글씨 쓰는 것을 멈추지 않았다. J가 또 비명을 질렀다. 아씨, 저 미친 병자년. 내 앞에 앉아 있던 아이가 짜증난다는 듯이 중얼거렸다. 그때 J가 내 눈에 들어왔다. 정말 아프다는 듯이 표정을 잔뜩 찌푸리고 있는 J는 얼굴에 잔뜩 주름이 져 마치 노파 같아 보였다. 그날 J는 담임의 종례가 끝날 때까지 자리에 엎드린 채 일어나지 않았다. 나는 J에게 가서 속삭였다. 너 오늘 저녁에 시간 있어?

J에게 이런 부탁을 한 것은 순전히 충동적으로 일어난 일이었다. 산부인과에 혼자 가기는 싫었다. 호기심 때문이었는지 J는 군말 없이 나를 따라나섰다. 산부인과 근처 커피숍에서 나는 카페모카를,

J는 딸기주스를 시켰다. 나는 커피숍 화장실에서 사복으로 갈아입었다. J는 나에게 임신의 전말에 대해서 꼬치꼬치 묻기 시작했다. 당시 내 남자 친구는 그런대로 잘생기고, 잘 놀고, 성적도 공부하는 것에 비해 잘나오는 인기 많은 남자의 전형이었다. 임신한 것을 알았을 때는 이미 헤어진 상태였다. 만나는 것도 헤어지는 것도 흐지부지하는 사이에 이뤄졌다. 나는 되도록 이 일을 조용히 넘기려고 했다. 누군가 이 사실을 알면 끝장이라고 생각했다. 그런데도 그날 J에게는 어쩐지 이야기가 잘 나왔다. J는 내 이야기를 듣다가 울었다. 처음에는 눈물이 몇 방울 흐르는가 싶더니, 내가 당황스러울 정도로 통곡하듯 울기 시작했다. 병원 예약 시간이 다 되어서 울고 있는 J를 뒤로하고 커피숍을 나왔다. 내가 혼자 병원에 다녀왔을 때 J는 눈두덩이 통통 부은 채로 나를 기다리고 있었다.

그날 우리는 역 광장에서 대형 스크린에 쏴주는

영상으로 16강전을 보았다. 그해 여름에 내가 처음이자 마지막으로 본 축구 경기였다. 공은 들어갈 듯 들어갈 듯 들어가지 않았고 후반전을 코앞에 두고 한 선수의 동점골이 겨우 들어갔다. 연장전 후반에 우리 선수가 찬 공이 또 한 번 상대편의 골망을 흔드는 순간 나는 찌르는 듯한 아랫배의 통증을 느꼈다.

학교에 낙태 소식이 퍼진 것은 채 일주일도 되지 않아서였다. 나는 아이들이 수군거리는 소리를 들었다. 소문의 근원은 J였다. 나는 J를 불러내 물었다. 너 왜 그랬어? J는 쌍꺼풀이 진 큰 눈을 껌뻑이며 나에게 말했다. 네가 아무 말도 안 하니까 답답해서 그랬어. 나는 어처구니가 없어서 J의 뺨을 한 대 때렸다. 뺨을 감싸 쥐고 그 자리에 주저앉는 J에게 나는 미친년! 하고 소리를 질렀다.

그래도 이해할 수 없는 일은 때때로 나에게 J가 필요했다는 것이었다. 나는 그 뒤로도 낙태를 한 번 더 했는데 대학에서 만난 남자 친구와의 사이에서 일어난 일이었다. 그때는 남자 친구도 이 사실을 알고 병원에 같이 가주겠다고 했지만 나는 J와 함께 갔다. J는 이번에도 내가 나올 때까지 또 울고 있었다. J는 기가 질릴 정도로 잘 울었고, 그걸 보고 있자면 나는 마음이 차분해졌다.

이제 J는, 그때처럼 배가 아프다며 소리를 지르지는 않았다. 하지만 자신의 아픔을 확대하는 데는 여전히 천부적이었다. 어렸을 적 도둑이 들었을 때가 생각나니까 문을 살살 열라느니, 폐렴을 앓은 적이 있으니 여름에도 보일러를 켜야 한다느니, 각종 알레르기 때문에 음식을 하는 것은 무리라느니, 그녀는 마치 상처투성이의 작은 동물처럼 행동했다. 여러모로 동거인으로서도 피곤한 캐릭터였다. 그럼에도 나는 J와 그럭저럭 함께 지냈다. J와 함께 있을 때는 생활의 긴장도 사라지는 것 같았다.

J는 이도 닦지 않은 채 잠들어버렸다. J의 머리맡에는 바나나 껍질들과 생리대가 부채처럼 펼쳐져 있었다. 나는 바나나 껍질을 쓰레기통에 버리면서 마지막 생리가 언제였는지 생각을 더듬어보았다. 이번 달 생리를 건너뛰었다는 데 생각이 미쳤다. 콘돔을 안 하고 성관계를 한 적이 있는지 생각해봤지만, 기억이 나지 않았다. 콘돔을 하고도 아이가 생길 확률은 몇 퍼센트나 될지 생각했다. 그저 단순한 생리 불순일 가능성은 몇 퍼센트일지도 생각했다. 나로서는 알 수 없는 부분이었다. 그런 일은 늘 나의 계산과는 다르게 일어나곤 했다.

다른 날보다 정신없는 날이었다. 아침부터 걸려오는 전화가 유독 많았다. 자기가 투자한 주식의 상황을 알기 바라는 고객들의 문의였다. 이 사장의 말로는 어제 뉴스에 미국발 경제 위기설이 보도 되었다고 한다. 아이고, 사모님! 지금 약간 손해이십니다만, 걱정 마십시오. 투자는 그렇게 일희일비하시는 게 아닙니다. 워렌 버핏이라고 아시죠? 미국에서 주식 투자만 해서 빌 게이츠보다 돈을 더 많이 벌었다는 사람 말입니다. 그 사람 말이 자기는 주식을 살 때 십 년을 내다본다고 하더군요. 그래야 돈을 번다는 거죠, 네. 네. 이 사장은 넉살로 투자자들을 구워삶느라 애를 썼다.

평소보다 늦은 시간에 이 사장과 나는 겨우 점심을 먹을 수 있었다. 자장면 면발을 씹으며 이 사장은 일은 괜찮아? 하고 물었다. 나 사장을 염두에 두고 하는 말일 것이었다. 내가 고개를 끄덕이자 그는, 자기는 좀 특이해. 보통은 처음엔 잘 지내다가도 나 사장이랑 같이 있으면 무섭다고 한마디씩들 하던데, 하고 말했다. 나는 최대한 심드렁하게 일부러 하시는 것도 아닌데요, 하고 말했다. 이 사장이 한 톤 낮은 목소리로 속삭였다. 나 사장, 지금은 저렇지만 한때는 S그룹에서 잘나가던 사람이었어. 수익률이 좋아서 '상계동의 현인'이라는 별명도 있었다니까. 운 나쁘게 그런 병이 생겨가지고 회사를 그만두기는 했지만. 하긴 따지고 보면 순전히 병 때문에 일 그만뒀다고만 볼 수는 없어. 줄을 잘못 서서 그렇지. 사람 병신 만드는 거 한순간이더라고.

이 사장의 '병신'이라는 단어가 원색적으로 들렸다. 나의 시원찮은 반응에도 이 사장은 말을 계속했다. 그때 말들이 무성했어. 나 사장이 평생 동안 상사로 모시면서 따까리 노릇하던 사람이 있거든. 나 사장이 그 사람 자리를 위협하니까 병 핑계로 내보냈다는 얘기도 있고. 하긴 뭐, 어차피 워낙 병이 그렇다 보니 사회생활 계속하기 쉽지 않았을 거야. 나도 일찌감치 회사에서 나온 몸이라 건너 건너 들은 얘기야.

나는 건성으로 이 사장의 이야기를 들으면서 틈

틈이 H에 대한 생각을 했다. 오늘 나는 H에게 아무 연락도 하지 않았다. 매일 H에게 연락하던 시간에서 한참이 지났는데도 H에게서는 아무런 반응도 없었다. H는 어째서 연락이 없는 걸까. 정말 노스캐롤라이나로 떠나는 걸까. 그렇다면 어째서 나에게 아무 말도 하지 않는지 나는 이해할 수 없었다. 나와 상의할 필요 따위는 없다고 생각하는 건지, 아니면 그저 우유부단한 건지. 나는 당장 전화를 해서 H에게 다시 따져 묻고 싶었다.

짧은 점심 식사가 끝났을 때 익숙한 외침이 들렸다. 음, 음, 아! 아! 미친년, 쌍년! 나는 조용한 복도를 울리는 외침에 소리가 난 쪽을 바라보았다. 이 사장은 나 사장이 왔으니 나는 이만, 하고 나를 향해 눈을 찡긋해 보이며 나갔다. 나는 빗발치는 전화를 뒤로하고 대낮부터 노래방 도우미를 만날 게 뻔한 이 사장의 뒷모습을 망연자실하게 바라보았다. 나 사장은 예의 그 뻣뻣한 자세로 모니터 앞에 앉았다.

　나는 오후 내내 빗발치는 전화를 혼자서 소화하느라고 진땀을 흘려야만 했다. 지금은 투자 상담가가 모두 외근 중이십니다. 내일 전화 주시죠, 하고 앵무새처럼 반복했다. 사람들은 폭락한 펀드 때문인지 다들 흥분해 있었다. 특히 집요하게 물고 늘어지는 한 중년 남자 때문에 나는 다른 일을 거의 못할 지경이었다. 당신네들 유령 회사 아니야? 왜 전화할 때마다 사람이 없다 그래? 내 돈 투자하고 적시에 서비스를 못 받는다는 게 말이 돼? 당장 사장 바꿔! 없으면 핸드폰 번호라도 대! 남자는 완강했다. 내가 쉽사리 전화를 끊지 못하고 쩔쩔매자 나 사장이 자기 전화기를 들어 보이며 전화를 바꾸라는 제스처를 했다. 나는 마지못해 전화를 나 사장에게 돌렸다.

　지금 D제철 포인트가 하락세입니다만, 채권 쪽으로 분산 투자하고 있기 때문에 괜찮을 겁니다.

나 사장은 긴장된 목소리로 중년 남자와 통화를 했다. 전화를 빨리 끊고 싶은 기색이 역력했지만 남자가 나 사장의 설명에도 만족을 못하는 모양이었다. 나는 일하는 척하면서도 신경이 온통 나 사장 쪽으로 쏠려 있었다. 한참 통화를 하던 나 사장이 음, 음, 하고 신음 소리를 냈다. 그는 급히 수화기를 손으로 틀어막고 천장을 향해 나가! 꺼져! 하고 두 번 외쳤다. 쌍욕을 내뱉고는 바로 굽실거리며 전화를 받는 모습이 그로테스크하게 느껴졌다. 그러나 그런 노력에도 불구하고 나 사장의 우렁찬 욕이 전화기로 새어 들어간 모양이었다. 나 사장은 사색이 되어서 변명과 사과를 반복한 뒤에야 전화를 끊을 수 있었다.

그 전화 뒤로 나 사장의 틱 증상은 최고조에 이르렀다. 덕분에 나는 삼사 분에 한 번씩 미친년, 쌍년, 하는 욕을 들어야만 했다. 모든 게 엉망이었다. 전화는 계속 오고, 나 사장은 연신 욕을 해대고 머릿속은 복잡했다. 퇴근 시간이 가까워졌을 때 정말로 내가 미친년, 쌍년이 되어버린 것 같은 기분이었다. 나 사장이 한 번 소리를 지를 때마다 내쪽을 흘깃거리며 신경 쓰는 것이 느껴졌다. 그럴수록 나는 더욱 굳게 입을 닫아버렸다. 혹여나 나 사장이 '미친놈 계약'에 대해 다시 말할까 싶어 눈도 마주치지 않았다.


퇴근길에 나는 약국에 들러 임신 테스트기를 샀다. 약사는 임신 테스트기를 건네며 의례적인 의미인지, 응원의 의미인지 알 수 없는 미소를 보냈고, 나도 화답하듯 웃어 보였다. 아이를 간절히 기다리는, 결혼 5년 차 주부처럼 보였을지도 모른다. 약국 문을 나서는데 누군가 싸우는 소리가 들렸다. 여러 명의 사람들이 서로에게 질러대는 거친 목소리가 조용한 거리를 울리고 있었다. 아직 술

먹고 시비가 붙기에는 이른 시간인데, 하고 생각하며 나는 소리가 나는 쪽으로 갔다. 초등학교 동창 모임이라도 되는 듯 열 명이 좀 안 되는 남자들이 서로 얽혀 있는 모습이 보였다. 누군가는 상대편에게 삿대질을 하는 것 같았고, 누군가는 주먹을 흔들며 소리를 질러대는 것 같았다. 그러나 막상 그들과 꽤 가까워졌을 때 나는 상상한 것과는 전혀 다른 풍경을 보았다. 그들은 반갑다며 인사를 나누는 중이었다. 껴안고 서로의 등을 두드리며, 혹은 친구의 별명을 부르며 호쾌하게 웃고 있었다. 나는 당혹감에 그들을 스쳐 집으로 향했다.

또 한참 길을 가는데 이번에는 어떤 여자가 몸부림을 치면서 땅바닥에 무엇인가를 내팽개치는 모습이 보였다. 나는 그 여자에게 어떤 화가 치밀어 오르는 사정이 있는지 궁금했다. 여자의 행동을 유심히 지켜보았다. 그러나 여자가 던지는 것은 부드러운 재질로 만들어져 바닥에 던지면 푹 퍼졌다가 금세 제 모양으로 돌아오는 고무 인형이었다. 여자는 그 인형을 파는 사람일 뿐이었다. 내가 예민해진 모양이라고 생각하며 나는 고개를 세차게 흔들었다. 그러곤 집으로 가는 발걸음을 재촉했다.

집에 도착하자 온몸의 기운이 빠져 그대로 현관에 드러눕고 싶었다. 그러나 인내심을 발휘해서 방으로 들어갔다. J는 생리통 때문에 진통제를 세 알이나 먹었다면서 풀린 눈으로 나를 맞았다. 그러다 갑자기 생각났다는 듯 주방으로 가더니 집 앞 제과점 이름이 씌어 있는 상자를 가져왔다. 그리고 매트리스 위에 널브러진 나에게 물었다. 너 오늘 그날이지? 나는 영문을 몰라 J를 말없이 바라볼 뿐이었다. 너 오 년 전에 애 뗀 날이잖아. J가 꺼낸 것은 바나나 케이크였다. J는 호기롭게 케이크에 초를 꽂기 시작했다. 다섯 개였다. 반짝이는 다섯 개의 불빛을 보고 있자니 기가 막혔다. 뭔가 대꾸할 여력이 없었던 나는 J가 하는 양을 그냥 바라봤다.

자, 이제 불 꺼. 케이크를 가까이서 보니 케이크 위에는 초콜릿으로 'congratulation'이라고 씌어 있었다. J가 그 영어의 뜻을 아는지 의문이었다. J에게 욕을 해주고 싶었지만 나는 엉뚱한 말을 해버렸다.

"H가 유학을 간대."

빠르게 타들어가는 초를 보던 J의 표정이 순식간에 심각하게 바뀌었다. 어디로? 나도 촛불에 시선을 고정시킨 채 말했다. 미국 노스캐롤라이나라고 하더라. J의 목소리가 격앙되었다. 그래서 헤어지기로 한 거야? 나는 대답하지 않았다. H와 나는 헤어지는 것일까. 문득 중요한 사실을 깨달았다. 어쩌면 H와 나는 사귄 것이 아닐지도 모른다는, H는 나를 한 번도 여자 친구로 생각해본 적이 없을지도 모른다는. J는 촛불을 자기가 훅 불어 끄고는 말했다. 그 새끼도 개새끼야. 너는 꼭 그런 개새끼들만 골라 사귀더라. J는 화가 난 듯 보였다. J가 흥분해서 하는 말을 나는 그냥 듣고만 있었다. 그 새끼네 집에 돈도 좀 있다며? 결혼해서 잘살면 좋잖아. 나는 J의 그런 모습에 피식 웃음이 나왔다. 결혼이라는 말이 내가 모르는 행성의 이름처럼 생소하게 느껴진 데다가, 남의 연애에도 이렇게 쉽게 흥분하는 J가 새삼 귀엽게 느껴졌다. 생각해보면 J는 늘 내가 누군가를 사귀고 헤어질 때마다 마치 자기 일인 양 흥분해서 욕을 해대곤 했다. 그때마다 J는 내 남자 친구들을 개새끼라고 불렀다. 나는 J의 행동이 어처구니없으면서도 그리 기분이 나쁘지 않았다. J가 나 대신 화를 내주는 것 같은 생각이 들었던 것이다.

J는 인터넷을 켜고 세계 지도를 검색했다. 찾았다! J가 노스캐롤라이나라고 적혀진 부분을 손으로 짚었다. 그러고는 손가락으로 한국에서부터 천천히 노스캐롤라이나 쪽으로 줄을 그었다. 멀어진다, 멀어진다, 하고 중얼거리면서. 멀어진다? 헤어진다는 말보다 H와 나 사이에 잘 어울리는 말이라

고 나는 생각했다.

　나는 문득 J에게 물었다. 고등학교 때 너 말이야, 내가 수술했다는 거 왜 소문낸 거야? J는 아무렇지도 않게 말했다. 말했잖아. 너는 너무 말을 안 하니까 네가 답답할까 봐 그랬다고. 내가 얘기 안 했으면, 그때 그 개새끼는 너 임신한 줄도 몰랐을 거 아니야. 그 새끼도 죄책감 좀 느껴야 될 거 아니야. 나는 그 일 때문에 내가 학교를 제대로 다닐 수 없었다는 것도 알고 있느냐고 J에게 물으려다가 말았다. 너무 오래된 일이었다.

　J는 내 옆에 눕더니 내가 우리 엄마 얘기해준 적 있나? 하고 물었다. 나는 고개를 가로저었다. 우리 엄마 말이야, 날 임신했을 때 내가 거꾸로 서 있었대. 그래서 제왕절개를 해야 했는데 마취가 안 되는 이상한 체질이라서 마취도 없이 배를 째고 나를 낳았대. J의 말이 약간 거짓말 같아 나는 아무런 대꾸도 하지 않았다. J는 말을 계속했다. 그 애

기를 들었을 때 나는 내가 정말 나쁜 년이라고 생각했어. 나는 애 같은 건 낳지 않을 거야. 그리고 이건 정말 확실한 건데, 우리 엄마는 그 일 때문에 평생 나를 미워했어. 아까 본 케이크 위의 글씨가 떠올랐다. 어쩌면 J가 아이를 뗀 5년 전 나를 진심으로 축하하고 있는 것일지도 모른다는 생각이 들었다. 내가 잠깐 생각에 빠져 있는 사이 J는 그대로 잠이 들어버렸다. 오히려 나는 정신이 맑아져서 자리에서 일어나 J가 사온 바나나 케이크를 먹었다. 케이크는 역시 달았다. 가방 안에 든 임신 테스트기가 생각났다. 크림이 묻은 접시와 포크를 싱크대에 넣었다. 부엌 창문에 비친 내 얼굴이 일그러져 있었다.

출근길, 나는 가방 안에 고스란히 들어 있는 임신 테스트기를 발견했다. 사무실은 먼저 출근한 나 사장이 혼자 지키고 있었다. 이 사장은 또 템프로 노래방 아가씨를 만나러 간 모양이었다. 미국경제 위기의 여파가 계속되는지, 아침부터 전화 문의가 많았다. 날카로운 투자자들의 목소리를 아침부터 들으면서도 머릿속으로는 가방 속에 들어 있는 임신 테스트기와 노스캐롤라이나에 간다는 H에 대한 생각이 떠나지를 않았다. 답답했다. 목구멍 부근에서 나오지 못한 소리가 단단하게 뭉쳐 있는 느낌이었다. 나 사장은 여느 때처럼 욕을 하고는 내 눈치를 살피기를 반복했다. 나는 차라리 나 사장처럼 소리라도 지르면 좋겠다는 생각이 들었다. 한 번 그런 생각을 하자 정말 소리를 지르고 싶어 입이 근질거렸다. 이상한 일이었다.

점심시간이 되자 나 사장은 왕돈가스집에 전화를 걸어서 돈가스 두 개를 시켰다. 내가 돈가스를 혼자 두 개 시켜놓았던 일이 떠올랐다. 나는 H에게 전화를 걸었다. 뜻밖에 신호가 세 번 울리기도 전에 H가 전화를 받았다. H는 자고 있지도, 피시방에서 게임을 하고 있지도 않았다. 그는 유학원에 있는데, 전화 받기가 곤란하다며 나중에 전화하겠다고 속삭였다. H가 전화를 너무 빨리 받고 빨리 끊은 탓에 나는 핸드폰을 든 채 한참동안 그대로 멈춰 있었다.

나 사장과 나는 또다시 커다란 돈가스를 앞에 두고 묵묵히 돈가스를 먹기 시작했다. 핸드폰을 계속 흘깃거리는 내게 나 사장이 말을 꺼냈다. 내가 했던 말, 생각해봤어요? '미친놈 계약'이요. 나는 올 것이 왔구나, 싶었지만 똑 부러지게 말을 못하고 말끝을 흐렸다. 나 사장은 미친년, 쌍년! 하고 소리를 지르더니 말했다. 미스 신, 일부러 욕을 하는 게 쉽지는 않겠죠. 하지만 내가 살아보니 그런 게 필요할 때도 있더라고요. 나는 돈가스에만 시선을 고정한 채 대꾸하지 않았다. 달리 나 사장의 말에 대처할 방법이 생각나지 않았다. 내가 침묵으로 일관하자 나 사장도 입을 닫았다. 다시, 말없이 돈가스를 먹는 시간이 이어졌다. 쉬지 않고 돈가스를 씹어 넘기느라 나는 숨이 막힐 지경이었다. 튀김옷이 목구멍을 할퀴며 넘어가다가 결국 사레에 걸리고 말았다. 캑캑거리는 나에게 나 사장이 물을 건넸다. 날 바라보며 그가 다시 입을 열었다. 미스 신, 나는 꼭 한 번, 병 때문이 아니라 내 의지로 남에게 욕을 한 적이 있어요. 내가 회사를 그만두게 되었을 때 말입니다.

나는 기침과 함께 튀어나온 눈물을 매단 채 그의 이야기를 들었다. 언젠가 이 사장이 나 사장의 회사 생활에 대해 이야기를 해준 적은 있지만 나 사장이 직접 자신의 이야기를 하는 것은 처음이었다. 틱 장애가 생기기 전의 그는 지겨움도 모르고 맡은 일은 무척 성실하게 잘하는 사람이었다. 사장까지는 아니어도 임원 정도는 될 수 있지 않을까, 하고 생각하고 있기도 했다. 그러나 틱 장애가 생긴 뒤로 그는 회의 때마다 계속 곤란한 일을 저지르고 말았다. 결국은 회사에서 쫓겨나다시피 나오고 말았다. 그는 딱 한 번만, 사정을 이야기해보고 싶어서 직속상관에게 갔다. 그때 그의 가방 안에는 병원에서 받은 진단서가 들어 있었다. 그는 자신이 하는 욕이 일부러 그러는 게 아니라는 사실을 꼭 말하고 싶었다. 그러나 그의 상관은 진단서를 보더니 너무나 인자한 표정으로 자네, 참 안됐네, 하고 말할 뿐이었다. 그때 그의 입에서 갑자기 미친놈, 쌍놈, 나가, 꺼져! 하고 욕설이 터져 나오기 시작했다.

"그런데, 그 욕은 병 때문에 나온 게 아니었어요. 그때는 내 병이 좀 고맙더군요."

이야기를 마친 나 사장은 고개를 돌리고 천장을 향해, 미친년! 쌍년! 하고 한 번 소리쳤다. 그러고는 기다리는 듯한 눈빛으로 나를 바라봤다. 나는 나 사장을 멀뚱히 쳐다보았다. 나 사장이 작지만 단호

한 소리로 속삭였다.

"말해봐요, 미스 신."

나는 뭔가 알고 있다는 듯한 나 사장의 눈빛에 이끌려 나도 모르게 말하고 말았다. 거의 들리지 않을 정도로 작은 목소리였다.

"미, 미친놈."

나 사장은 실망한 표정을 짓더니 마치 유능한 교관처럼 말했다. 더 크게 말해봐요. 좀 더 크게 증오에 찬 듯이 해요. 순간, 나는 H를 떠올렸다. 이제 곧 노스캐롤라이나로 가버릴 H. 나에게 아무 말도 하지 않는 H. H를 생각하자 욕이 더 수월하게 나왔다. 미, 미친놈! 나 사장은 다시 한 번 더 크게, 하고 말했다. 그러자 그동안 J의 입을 통해 개새끼로 전락한 인물들까지 하나하나 떠올랐다. 미친놈! 미친놈! 교관의 불호령을 받은 이등병처럼 내 목소리는 점점 더 커졌다.

우연한 가족사

**"**

나는 내가 모르고 있던 큰할머니의 사인死因 따위는 알고 싶지 않았기에, 화제를 돌리려고 말을 꺼냈다. 그럼 할아버지가 장암으로 돌아가실 때까지 두 분은 같이 사신 건가요? 아빠는 큰할머니의 사인을 둘러싼 엄마와의 설전을 멈추더니, 습파습파스읍파, 하고 이 사이로 소리를 냈다. 또 뭔가 내가 모르는 비밀이 나올 것만 같은 불안감이 엄습했다.

**"**

아빠는 제주해녀횟집 앞에 차를 세웠다. 사람 똥을 먹는다는 흑돼지집에 가려고 했지만 길을 찾을 수가 없었다. 우리는 너무 지쳐 있었고 어디든 빨리 실내로 들어가서 늘어지게 먹고 싶을 뿐이었다. 횟집 실내는 겉에서 보기보다 넓었다. 손님이 많지 않아 더욱 넓어 보였다. 우리처럼 가족 단위로 온 듯한 사람들과 친구로 보이는 여자 너덧 명, 이렇게 두 무리가 전부였다. 가게 남자가 두 손을 공손히 모으고는 인사를 했다. 그러고는 주위

를 둘러보는 우리에게 머쓱해하며 말했다. 지금이
최고 비수기거든요. 나는 아까 짐을 푼 펜션 주
인에게서도 같은 말을 들었다는 사실이 떠올랐다.
펜션도 한산했다. 사실 하루 종일 어디를 가든지
그랬다. 우리는 여자 너덧 명이 앉은 테이블 옆에
자리를 잡았다. 아빠는 고등어회와 광어회, 소주
한 병을 주문했다.

크리스마스가 막 지난 제주의 밤은 추운 데다
하루 종일 비가 내리고 있었다. 오전에 제주 공항
에서 나오자마자 나를 맞은 것은 잎 끝이 시들은
야자수와 찬 공기였다. 제주에 도착해서야 나는
내가 늘 생각해왔던 제주의 이미지는 유채꽃과, 그
위로 쏟아지는 햇살이라는 사실을 깨달았다. 그것
은 봄의 이미지였다.

옆자리 여자들은 요란스럽게 느껴질 만큼 크게
경상도 사투리로 이야기했다. 그에 비해 우리 테이
블은 조용했다. 친절한 횟집 남자가 물수건을 건네

며 가족여행을 왔냐고 말을 붙였다. 아빠는 그렇다고 대답했다. 횟집 남자가 가족여행이냐고 묻는 순간, 우리가 가족여행 중이라는 사실을 새삼 깨달았다. 첫 가족여행을 온 만큼, 나는 상냥하게 아빠의 기분을 맞춰주고픈 기분이 들어, 아빠에게 물었다. 운전하느라 많이 피곤하셨죠? 아빠는 고개를 설레설레 저으며 말했다. 이럴 바에야 차를 렌트하는 것보다 단체 관광버스를 타는 게 나을 뻔했다.

우리는 하루 종일 제주도를 헤매느라 지쳐 있었다. 첫 행선지였던 한라산부터 일정이 꼬였다. 겨울에는 오후 2시 이후로는 입산이 금지된다는 사실을 한라산 중턱의 천백고지에 도착해서야 알았다. 우리는 도로변에 있는 백록의 동상을 배경으로 사진을 찍고 돌아서야 했다. 경마 경기를 보기 위해 찾아간 제주도 최대의 경마장은 하필 폐장일을 맞아 닫혀 있었다. 세계 유명 건축물의 미니어처를 모아놓은 박물관은 생각보다 입장료가 비싸서 입구까지 갔다가 포기하고 말았다. 추사 김정희의 생가는 공사 중이었고, 제주의 세 시조始祖가 솟아난 구멍이라는 삼성혈도 일찌감치 문을 닫았다. 기사 식당에서 점심으로 먹은 갈칫국은 비리고 매웠다. 어쩌자고 이렇게 준비도 없이 한겨울에 제주도에 와버린 걸까. 나는 일정이 어긋날 때마다 마치 내 잘못인 양 주눅이 들었다.

처음 여행을 제안한 것은 아빠였다. 일요일에 텔레비전에서 해주는 여행 프로그램을 보는데 아빠가 말했다. 가족여행을 한번 가고 싶다. 네가 좀 알아봐라. 텔레비전에서는 화면으로만 봐도 눈이 시린 해변이 펼쳐져 있었고 비키니를 입은, 배가 편평한 여자와 하와이언 셔츠에 반바지를 입은 남자가 비치볼을 하고 있었다. 그리고 작은 남자아이가 뒤뚱거리며 공을 쫓아다녔다.

나는 좋다거나 싫다거나 하는 감정을 느끼기도 전에 고개를 끄덕였다. 화면 안의 생소한 이미지의 세 사람이 나에게 어떤 영향을 미친 걸지도 모르는 일이었다. 아빠가 여행을 하자고 하는 데는 퇴직이 원인일 수 있겠다는 생각도 스쳐 지나갔다. 아빠는 삼십이 년 동안 근무한 회사에서 얼마 전 퇴직을 했다. 나는 삼십이 년이라는 세월을 가늠할 수 없었다. 하지만 내가 직장에 다닌 지난 육 개월의 육십사 배의 시간이라는 계산을 해보고서야 그 끔찍함을 깨달았다. 지방 근무를 하고 있는 남동생에게 전화로 이 이야기를 하자 남동생은 흠, 그래, 하고 짧게 대꾸했다. 이제 직장생활 삼 개월 차인 동생은 정신이 없는 듯 누나가 자세히 좀 알아보라고 하고는 전화를 끊었다.

여행을 가기로 한 뒤 며칠 동안, 우리 집에는 미묘한 분위기의 변화가 있었다. 겉으로 표현하는 것은 평소와 다르지 않은 듯했지만 뭔가 서로의 신경을 거스르지 않으려는, 약간은 다정한 공기가 흘렀다. 간혹 어느 집에서는 어디를 다녀왔는데 그렇게 좋았다더라, 하는 이야기가 나오기도 했다. 그러나 막상 여행 준비는 더디게 진행되었다. 가족여행을 가본 적이 없었기에, 구체적으로 어떻게 준비를 시작해야 할지 알 수 없었다. 나는 아빠에게 가고 싶은 곳이 있느냐고 물었다. 아빠는 곰곰이 생각하는 눈치더니, 글쎄다, 하고 뉴스 화면으로 눈을 돌렸다. 나는 엄마에게 같은 질문을 했다. 엄마는 너희에게 부담이 될 테니 돈이 안 들었으면 좋겠고, 자연을 볼 수 있는 곳이면 된다고 했다. 그럼 집 앞에 팔달산도 괜찮다는 말이야? 내가 묻자 엄마가 고개를 끄덕였다. 그래, 난 그걸로 충분해. 더 이상 뭐가 필요하겠니.

나는 마지막으로 애인에게 전화를 걸었다. 애인은 가족여행을 간다는 얘기를 듣더니 난데없이 뉴칼레도니아라는 섬 이름을 꺼냈다. 그곳에 말이야, 작은 군도들이 있는데 운이 좋으면 무인도에서 단둘만 있을 수도 있대. 애인의 목소리는 이미 그곳에 도착한 것처럼 흥분으로 가늘게 떨리고 있었다. 난 그렇게 호화로운 여행을 생각하는 건 아니야. 애인은 내 말을 듣자마자 말했다. 아니, 난 우리 얘기를 하고 있는 거야. 가족끼리 뭐하러 무인도에 가겠니? 현관문만 닫으면 무인도나 다름없는 집에 살면서.

나는 사실 아무도 가족여행을 원하지 않는 게 아닐까, 싶어서 여행 계획 세우는 것을 그만두었다. 낯설지만 왠지 따뜻한 느낌이 들었던 가족여행이라는 일은, 어느새 해결 못한 숙제처럼 찜찜한 일이 되어버렸다.

그러던 어느 날 동생에게서 전화가 왔다. 여행 준비는 잘 되어가고 있어? 나는 가족여행에 대해서 까맣게 잊고 있던 터라 아무런 대답도 할 수 없었다. 동생이 말했다. 고등학교 동창 녀석이 여행사에 다닌대. 동생은 친구 여행사 전화번호만 알려주고는 일이 바쁘다며 전화를 끊었다.

동생의 친구는 우선 날짜와 장소, 교통편을 결정해야 한다고 했다. 그는 다양한 여행 패키지 상품을 나열했다. 앙코르와트 럭셔리 투어, 소규모 항공을 이용한 칠레 오지 탐험, 일본 전국 버스 일주 등을 말했지만 나는 어느 것도 쉽게 정할 수가 없었다. 내가 대꾸가 없자 동생의 친구는 견적서와 팸플릿을 집으로 보내줄 테니 생각해보라고 했다.

팸플릿은 삼 일 뒤 집에 도착했다. 수십 장이 넘어서 꽤 두꺼웠다. 엄마와 아빠와 나는 팸플릿을 정독하다가 채 세 장을 못 읽고 지치고 말았다. 나는 그 종이들을 바닥에 장판처럼 깔았다. 그중에는 애인이 말했던 뉴칼레도니아도 있었다. 나는 팸플릿의 에메랄드빛 바다 사진을 보면서 모래사장에서 일광욕을 하는 상상을 했다. 주황색 꽃으로 장식한 열대 과일 맛이 나는 칵테일을 떠올렸다. 나른하고 자유로운 풍경이었다. 무엇보다 나는 그곳에서 애인과 섹스하는 상상을 하는 것이 행복했다. 상상 속에서 우리는 발이 여덟 개나 달린 곤충들의 교미처럼 팔다리를 꿈틀거렸다. 며칠째 종이들은 그대로 깔려 있었다. 우리는 팸플릿을 바닥에 깐 채로 텔레비전을 보고 밥상을 놓고 밥을 먹었다. 아빠는 캄보디아 앙코르와트 팸플릿 위에서 발톱을 깎고는 그대로 싸서 버렸다. 엄마는 도쿄 3일 패키지 프로그램과 뉴질랜드 자연 체험 위에서 겉절이를 담갔다. 그러고는 고춧가루가 묻은 종이는 접어서 버렸다. 북극 페리 빙하 체험과 모아이가 있는 이스터섬 패키지의 가격을 본 나는 그 두 장을 슬그머니 찢어서 버렸다.

  여행지는 생각지 못한 계기로 결정되었다. 몇 개 남지 않은 팸플릿을 한구석에 밀어놓고 텔레비전에서 하는 식도락 프로그램을 보던 중이었다. 텔레비전에서는 흑돼지를 키우기도 하고 바로 잡아서 요리도 하는 제주도의 고깃집이 나왔다. 곧 잡힐까만 흑돼지가 돌로 쌓은 울타리 안을 걸어 다니

다가 돌담 한켠에 있는 검은 똥을 먹었다. 사람들
은 그 돼지를 잡아서 구워 먹었다. 엄마가 저 흑돼
지를 먹으러 가요. 몸보신 좀 해야겠어요, 하고 말
했다. 나는 동생의 친구에게 전화해서 제주도로 가
고 싶다고 말했다. 동생의 친구는 이번에도 정확히
삼 일 안에 비행기 표와 펜션과 렌터카 예약 확인
서를 보내주었다.



친절한 횟집 남자가 쓰키다시를 가져왔다. 평
소에는 보기 힘든, 훌륭한 메뉴였다. 갈치회와 소
라회가 세 점씩 나왔고 전복죽과 오징어무침이 연
이어 나왔다. 우리는 말없이 먹는 데만 집중했다.
아빠는 우리가 시킨 회가 나오기도 전에 거의 한
병의 소주를 입안에 털어 넣었다. 아빠가 나에게
잔을 내밀었다. 한잔 마셔라. 나는 아빠가 건넨 잔
을 받았다. 내가 소주를 단숨에 마시자 아빠가 내

얼굴을 빤히 쳐다보더니 기분 좋게 웃었다. 아빠가 물었다. 술을 잘 마시냐? 나는 소주 한 병을 쉽게 마시지 못했지만 한껏 웃어 보이며 남부럽지 않게 마신다고 대꾸했다.

별다른 장식도 없이 접시에 수북이 쌓인 고등어 회가 나오자 술 마시는 속도가 빨라졌다. 나는 세 잔째부터 이미 몸에 열이 오르고 머리가 어지러웠지만 주는 대로 술잔을 받아 비웠다. 다섯 번째 잔부터는 쓴맛도 느껴지지 않으면서 술이 쉽게 넘어갔다. 얇게 잘린 회는 혀에 잘 감겼다. 나는 회를 간장에 찍어서 혀에 놓고 굴린 다음 한참을 씹어서 목구멍으로 넘겼다. 아빠는 그런 나를 보더니 말했다. 회를 왜 간장에 찍는 거냐. 초장에 찍어 먹어라. 나는 시뻘건 초장을 보면서 고개를 저었다. 전 초장을 싫어해요. 나는 아빠의 표정이 미묘하게 변하는 것을 보았다. 원래 회는 초장에 찍어 먹어야 맛있는 거야. 너 저번에 보니까 국수에 다대기도 안 넣고 먹던데, 그건 음식 문화를 모르는 행동이다. 아빠가 습파습파, 하는 소리를 냈다. 아빠는 술에 취했을 때 이를 꽉 깨문 채 그 사이로 공기를 들이마시며 습파습파, 하는 소리를 내는 습관이 있었다. 나는 아무런 대꾸도 하지 않고 젓가락을 오징어무침 쪽으로 가져갔다. 갑자기 엄마가 내 얼굴을 보더니 깔깔대면서 웃었다. 너도 아빠처럼 얼굴 빨개지는구나. 엄마는 재미있다는 듯이 계속 웃었다. 어머, 눈알 흰자가 빨개지는 것까지 영락없이 아빠를 닮았네. 나는 맞은편에 앉은 아빠를 바라보았다. 넙대대한 이목구비의 아빠, 알코올 기운 때문에 얼굴과 목과 눈알까지 빨개진 아빠에게서 얼핏 내 모습이 보이는 것 같았다. 나는 놀림 받은 기분이 들어서 아무 말도 하지 않았다. 술을 마시자 아침부터 뛰어다니느라 지친 몸이 연체동물처럼 늘어졌다. 그저 깔깔거리며 웃는 엄마를 보다가 아침의 일을 떠올렸다.

제주행 이른 아침 비행기를 타야 하는 탓에 우리는 새벽부터 움직여야 했다. 공항이 낯선 엄마와 아빠 대신 내가 수속을 밟았다. 항공사 카운터에서 티켓을 바꾸고 캐리어를 짐 싣는 레일에 올려놓았다. 그런데 엄마가 끙, 하는 소리를 내며 짐을 올려놓는 레일 위로 올라갔다. 말릴 틈도 없이 일어난 일이었다. 나는 급히 엄마의 갈색 코트 자락을 잡고 끌어내렸다. 엄마는 중심을 잡지 못하고 엉덩방아를 찧었다. 엄마는 일어나며 신혼여행 갈 때는 비행기를 이렇게 탔던 것 같은데, 하며 멋쩍어했다.

아빠 역시 나를 긴장시켰다. 우리가 탈 비행기가 뜨는 곳은 십이 번 게이트였다. 우리는 일찌감치 대기실 벤치에 앉아 있었다. 곧 출발할 비행기의 보딩 안내 방송이 들리자 아빠는 자리에서 벌떡 일어나 다른 비행사의 창구 쪽으로 걸어갔다. 나는 다급히 아빠를 불러 그쪽이 아니라고 했다. 아빠는 들리지 않는 듯했다. 아빠는 이미 다른 게이트의 승무원들에게 가서 표를 내밀고 있었다. 뒤늦게 쫓아온 내게 아빠는 방금 창구에서 7시 55분 비행기라고 하지 않았나? 하고 물었다. 아니에요, 8시 15분 비행기예요. 아빠는 표에 씌어 있는 숫자를 가리켰다. 그건 대기 시간이에요. 아빠는 믿기지 않는다는 듯 다른 창구들을 기웃거리며 승무원에게 표를 내밀었고 나는 그런 아빠의 뒤를 난감한 기분으로 쫓아다녀야 했다. 아빠는 계속 불안해하며 모두 다섯 개의 게이트를 어슬렁거렸고, 모두 다섯 개의 항공사를 돌아본 뒤에야 처음에 내가 안내했던 십이 번 게이트로 돌아왔다.

나는 문득 어린 시절 명절 때마다 갔던 기차역이 떠올랐다. 거의 유일한 가족 외출이었다. 설날과 추석의 기차역은 늘 살인적으로 붐볐다. 그 공간에서 아빠는 모든 것을 진두지휘했었다. 아빠가 길을 뚫고 엄마가 그 뒤를 따라갔다. 엄마의 손에는 김치와 마늘 따위가 들린 터라 나는 손 대신 엄마의 갈색 코트를 잡았다. 사람이 많은 통에 나는 갈색 코트를 놓쳤다가 겨우 다시 잡기를 반복했다. 다양한 색깔의 코트 자락 속에서 나는 다른 갈색 코트를 잡는 순간, 가족이 통째로 바뀌어버리는 상상을 하고는 했다. 그때마다 키가 꽤 큰 아빠의 뒤통수가 사람들 사이로 푯대처럼 보이고는 했다. 나는 나를 믿지 못하고 계속 다른 항공사를 기웃거리는 아빠의 뒷모습에서 기시감을 느꼈다.


아빠가 회에 초장을 담그다시피 찍어 먹으며 말했다. 그나저나 네 동생은 대체 무슨 일 때문에 빠져야 한다는 거냐. 여행을 떠나기 이틀 전, 동생은 전화로 당직에 걸려서 여행에 갈 수 없다고 말했다. 나는 그럼 운전은 누가 하지, 하고 물었다. 나는 면허가 없었고 당연히 동생이 운전을 할 것이라고 생각했기 때문이다. 동생은 아빠가 하면 되지, 하고 대수롭지 않게 말했다. 연고도 없는 지방 소도시에서 취직을 한 동생은 집에는 거의 오지 않았다. 스무 살이 넘어서부터는 집에 오는 것을 불편해하는 눈치였다.

덕분에 운전은 아빠 몫이 되었다. 차는 4인승 아반떼였다. 아빠는 왜 아직도 운전면허를 따지 않았냐느니, 차가 평소에 몰던 것보다 작아서 운전이 힘들다느니 불만을 토로했지만 비행기에서 내려 차를 타던 순간부터 확실히 활기를 띠기 시작했다. 나는 복잡한 기차역에서 앞에 서서 길을 만들며 나아가던 아빠의 모습을 떠올렸다.

친절한 횟집 남자가 구운 소라를 서비스로 들고 왔다. 적당히 구워진 소라는 담백하고 고소했다. 아빠가 소주를 한 병 더 시키려는데 옆 테이블에 있는 일행 중 한 명의 여자가 아빠를 부르더니 삼분의 이가량 남은 소주 한 병을 내밀었다. 여자는 삼십 대 후반쯤으로 보였고 어두운 자줏빛 립스틱을 바른 입술로 상냥하게 웃고 있었다. 여자가 애교 있는 사투리로 말했다. 저기요, 저희가 술이 좀 남았는데요, 아저씨 약주가 부족한 것 같으니까 저희가 드릴게요. 아빠는 소주를 받더니 횟집에 들어온 이후 가장 큰 목소리로 말했다. 아이구, 이거 감사합니다. 그런데 고향이 어디세요? 사투리의 여자는 안동에서 왔다고 했다. 그러자 고향 사람을 만났다며 악수를 청하면서 말했다. 그나저나 어떻게 여자분끼리 오셨나? 바깥 분들은 어디다 버려두고? 횟집을 울리는 큰 목소리였다. 아빠의 난데없는 반말에도 자줏빛 입술의 여자는 미소를 잃지 않으며 그냥 여자들끼리 놀러 왔어요, 하고 대꾸했다. 그리고 여자는 이제 자기들끼리의 수다로 돌아가려는 듯 안쪽으로 몸을 틀었다. 그러나 아빠는 여기까지는 뭘 타고 왔는지, 오늘 날씨가 궂은데 어디 가서 무얼 봤는지를 한참이나 더 물었다.

　나는 아빠의 그런 행동이 과장스럽다는 생각을

지울 수 없었다. 내가 알기로 아빠는 옆 테이블의 연고도 없는 여자들과 쉽게 수다를 떠는 사람이 아니었다. 고깃집에 갔을 때에도 고기를 구워주는 여점원에게 꼬박꼬박 존댓말을 쓰며 필요한 말만 하는 타입이라고 생각해왔다. 물론 아빠도 마음으로는 끈적거리는 어떤 중년 남자들처럼 여자들에게 지분대고 싶을지도 몰랐다. 단지 아빠는 그런 행동에 익숙하지 않은 것 같았다. 나는 엄마 쪽을 바라봤지만 엄마는 크게 관심이 없는 듯 그릇을 비워가는 데 열중하고 있었다.

대화가 끝났는지 아빠는 우리 테이블로 돌아왔다. 이미 아빠는 거나하게 취한 상태였지만 나는 어쨌든 여자들이 준 술을 아빠의 빈 술잔에 따랐다. 그때 아빠가 난데없이 다정한 목소리로 말했다. 너희들한테 고맙다. 니들 둘이 일을 하니까 이제 내가 일을 그만둘 수도 있고 이렇게 여행도 올 수 있지 않으냐. 나는 내 할 일이 다 끝나서 이제 홀가

분하다.

아빠가 이렇게 기분 좋은 걸 본 적이 없었다. 이렇게 다정한 목소리로 고백하듯이 말한 것도 처음이었다. 나는 고개를 끄덕여 보였다. 그러나 어쩐지 나는 할 일을 모두 끝낸 아버지의 생활을 생각하자 끔찍하게 느껴졌다. 아버지는 삼십이 년 동안 일을 해왔다. 내가 기억하는 아빠의 모습은 일주일에 두 번 정도 회식으로 늦게 들어오고 아빠 전용 텔레비전으로 골프 채널을 보다가 잠드는 모습이었다. 아빠가 일을 그만두었으니 이제 그 시간을 무엇으로 채우려고 하는 걸까. 여행? 갑자기 나도 모르게 말이 튀어나왔다. 아빠가 왜 하실 일이 없어요. 삼십 년은 더 건강하실 텐데 할 일이 없으면 안 되죠. 아빠는 허공을 바라보더니, 그래, 아직은 할 일이 남아 있지, 하고 중얼거렸다. 그러고는 나를 향해 사귀는 사람은 있냐고 물었다. 마치 아빠의 남은 일이 자식들 시집 장가보내는 것이라는 듯이 말이었다. 아빠가 직접적으로 이런 질문을 한 것은 처음이기 때문에 나는 얼굴이 화끈거렸다. 어쩌면 술기운 때문인지도 몰랐다. 어쨌든 나는 다시 가족여행을 온 상냥한 딸로 되돌아가서 최대한 넉살 좋게 말했다. 그럼요, 나이가 몇인데요. 아빠는 내가 술을 단숨에 마셨을 때처럼 나를 보며 웃었다. 내가 너에 대해서 모르는 게 너무 많았구나. 어떤 사람이냐? 아빠의 물음에 대한 대답을 고르기도 전에 엄마가 내 말을 가로막았다. 어머, 어쩜 앙큼하게 엄마한테도 말을 안 할 수가 있니. 그럼 너결혼도 생각하는 거니? 나는 결혼이라는 단어 앞에서 말문이 막혔다. 그것은 내 생각의 너머에 있는 단어였고 내가 지금 하고 있는 연애와도 거리가 멀었다. 나는 대충 그 정도로 좋아하는지는 아직잘 모르겠다고 둘러댔다.

아빠는 습파 스읍파, 하는 소리를 내더니 말했다. 결혼은 말이다, 그냥 하면 다 살게 되어 있다.

아빠는 말을 멈추고 담배를 꺼내어 피웠다. 나는 금연이라고 말하려고 했지만 그냥 타들어가는 아빠의 담배 끝만 바라보았다. 연기를 길게 뱉어낸 아빠는 난데없이 나에게 할아버지의 결혼 이야기를 해주었다. 아빠의 말에 따르면 할아버지의 결혼 과정은 이러했다. 할아버지는 십 대 후반에 장티푸스를 앓았다. 신열이 오르고 헛소리를 했다. 할아버지의 아버지는 할아버지가 장가를 가고 싶어서 병에 걸렸다고 생각했다. 양기는 넘치는데 해소할 데가 없으니 열이 들뜨는 병에 걸린 거라고 말이다. 그래서 서둘러 색시를 구했다. 혼자서 애를 쓰다가 병이 나은 할아버지는 난데없이 결혼을 하게 되었다.

아빠가 말을 이었다. 그렇게 결혼을 했으니 무슨 정이 있겠냐. 그래도 할아버지는 그분이 돌아가시기 전까지 아들 딸 낳고 잘사셨다. 그렇지만 불행하게도 그분이 병환으로 일찍 돌아가셨지. 나는 눈이 휘둥그레졌다. 일찍 돌아가시다니, 그렇다면 지지난해까지 정정하게 살아 있던 우리 할머니는 누구란 말인가? 어리둥절해하는 나의 표정을 보더니 아빠는 너도 이제 나이가 들었으니 가족의 역사에 대해서 좀 알 때도 됐지, 하며 다시 한 번 담배 연기를 뿜어냈다. 아빠 말에 의하면, 할아버지는 결혼을 두 번 했다. 우리 할머니는 두 번째 부인이었다. 내가 얼굴을 모르는 큰할머니가 돌아가시기 전에 아빠가 태어났다는 걸 보면, 일정 기간 동안 할아버지는 두 할머니와 함께 산 셈이었다. 아빠는 소주가 반쯤 담긴 잔을 아련하게 바라보다가 이렇게 덧붙였다. 그러니까 난 뭐냐, 서자인 셈이지. 아빠는 다소 연극적으로 느껴질 만큼 서글픈 눈빛을 했다. 나는 아빠의 진지함에 순간 웃음이 나올 뻔했다. 서자라는 말은 조선 왕조 오백 년의 왕위 찬탈전을 떠올리게 했다.

소주 한 잔을 앞에 놓고 훌쩍거리던 엄마가 말

했다. 내가 어머니한테 직접 들었어요. 아버님의 전
부인은 자살을 했다더군요. 그러면 어머님 때문에
자살하신 건가요? 나는 자살이라는 자극적인 낱
말에 순간 흠칫했다. 잔에 남은 소주를 털어 넣은
아빠는 엄마의 말에 반박했다. 큰할머니는 밤 마
실 가다가 논두렁에 빠져서 엉치뼈가 다치는 바람
에 꼼짝없이 누워 있다가 돌아가셨다고 했다. 그러
나 엄마는 할머니에게 직접 들었다며, 어느 날 아
침에 일어나보니 농약을 먹고 죽어 있는 걸 할머니
가 발견했다고 단호하게 말했다.

　나는 할아버지의 얼굴을 떠올리려고 했다. 하지
만 할아버지는 내가 태어나기도 전에 돌아가신 데
다 낡은 흑백 사진으로 본 기억밖에 없어 잘 떠오
르지 않았다. 내가 할아버지에 대해 아는 것이라고
는 대부분 할머니로부터 들은 것으로, 천하의 한
량이었으나 얼굴만큼은 꽤 잘생겼다는 것이었다.
아빠와 나에게 물려준 그 넙대대한 얼굴로 할머니

는 할아버지를 따르는 여자들이 얼마나 많았는지 이야기하곤 했다. 나는 내가 모르고 있던 큰할머니의 사인死因 따위는 알고 싶지 않았기에, 화제를 돌리려고 말을 꺼냈다. 그럼 할아버지가 장암으로 돌아가실 때까지 두 분은 같이 사신 건가요? 아빠는 큰할머니의 사인을 둘러싼 엄마와의 설전을 멈추더니, 습파습파스읍파, 하고 이 사이로 소리를 냈다. 또 뭔가 내가 모르는 비밀이 나올 것만 같은 불안감이 엄습했다.

사실 너희 할아버지는 장암으로 돌아가신 게 아니다. 문둥병으로 돌아가셨어. 아빠의 말에 나는 할 말을 잃었다. 할머니는 항상 할아버지가 배가 아파서 돌아가셨다고 했다. 친척들은 할아버지가 장암으로 돌아가신 것처럼 이야기해왔다. 그럼 배가 아팠다는 이야기는 뭐냐고 묻자 아빠가 고개를 저었다. 배가 아팠던 것은 너의 할머니지. 할머니는 할아버지의 병을 고치기 위해서 어린애 무덤까지 팠다. 그런 다음에 할머니는 목이 말라서 동치미 국물을 마셨는데 그때 체해서 한 며칠간 크게 배를 앓았다. 엄마는 또 할머니에게 직접 들었다며 할머니가 무덤 판 이야기를 하였다. 죽은 지 삼 일 된 어린애한테서 나는 냄새가 지독했다더라며 몸서리를 쳤다. 나는 기분이 복잡해졌다. 할머니가 둘째 부인이어서도, 할아버지가 문둥병으로 돌아가셔서도 아니었다. 그저 그 사실을 몰랐다는 것이 어딘가 이상하게 느껴졌을 뿐이다. 아빠가 어쨌든, 하고 못을 박듯 말했다. 제일 중요한 것은 할머니가 나를 낳았고 나와 엄마가 너를 낳았다는 사실이다. 그건 절대 변하지 않으니까.

아빠는 다시 한 번 식탁 위로 길게 담배 연기를 내뿜었다. 나는 옆 테이블에 앉은 여자들의 눈치를 살폈다. 말은 못하지만 담배 연기 때문에 곤혹스러워하는 표정이 역력했다. 나는 아빠에게 이곳이 금연이라는 사실을 상기시켰다. 그러나 아빠는 내 말에도 아랑곳하지 않고 담배를 피워댔다. 아빠는 어딜 가나 금연인 요즘의 사회 분위기를 평소에도 마음에 들지 않아 했고, 집 안 거실에서도 개의치 않고 담배를 피웠다. 아빠는 그 누구도 줄 수 없는 기쁨을 담배가 주기 때문에, 자신을 방해하는 것은 인권 침해라고 말하고는 했다. 나는 아빠가 담배 피우는 양을 바라보다가 그럼 저도 한 대 주시던지요, 하고 내뱉듯이 말해버렸다. 이렇게 말해놓고 나는 스스로 흠칫, 놀랐다. 그러나 나도 모르게, 저도 답답할 때는 가끔 피우거든요, 하고 덧붙이고 말았다. 사실 담배는 몇 번 빨아본 적밖에 없었지만, 그 순간 나는 아빠가 피우는 담배를 보란 듯이 뺏어서 피우고 싶은 기분이 들었다. 아빠는 벌겋게 오른 얼굴로 나를 노려보았다. 술 때문인지 화가 나서인지 알 수 없었다. 침묵이 흘렀다. 아빠와 나의 눈빛이 허공에서 부딪혔다. 별 의미 없는 오기라는 걸 알면서도 나는 그 눈빛을 피하지 않았다.

이윽고 아빠는 의외로 담담한 목소리로 말했다. 술은 괜찮다, 하지만 담배는 안 돼. 너희 엄마도 너를 갖고 나서부터는 한 번도 담배를 피우지 않았다. 결혼 뒤에도 담배를 피웠다면 내가 가만 두지 않았겠지. 아빠의 말에 나는 엄마 쪽으로 고개를 돌렸다. 나는 엄마가 담배 피우는 것을 한 번도 본 적이 없었다. 엄마는 난처한 듯 호호호 웃으며 말했다. 이게 바로 모정이구나, 싶더라고. 너희 아빠가 널 지우라고 했을 때, 내가 절대 못 지운다고, 단번에 담배를 끊었더니 그제야 결혼하자고 하더구나.

엄마는 이 말을 하고 실수했다는 듯이 입을 가렸다. 순간 엄마와 아빠의 신혼여행 사진이 떠올랐다. 이십칠 년 전, 딱 이맘때의 제주도 사진이었다. 나는 7월생이었다. 나는 어째서 부족한 3개월에 대해서 그동안 모르고 있었던 걸까. 아빠는 엄마를 나무랐다.

옆자리에 앉은 자줏빛 입술의 여자가 결국 참지

못하고 담배 연기가 너무 심한 것 같다고 말했다. 아빠는 급히 담배를 끄며 과장된 포즈로 사과를 했다. 그러고는 친절한 횟집 남자를 불러 콜라와 사이다를 가져다드리라고 했다. 아빠가 옆 테이블의 여자들에게 사과를 하는 동안 엄마는 아빠에게 안 들릴 정도의 작은 목소리로 내게 말했다. 얘, 방금 말한 건 다 거짓말이야. 사실 너는 칠삭둥이였어. 제주도로 신혼여행을 왔을 때 폭풍우가 쳤다. 우리는 모텔비가 없어서 결혼반지를 헐값에 팔아서 모텔비를 냈지. 그리고 그날 밤 너를 가졌어. 엄마는 아무것도 없는 빈 손가락을 바라보며 말했다. 정말 예쁜 반지였는데. 이제 보니 엄마도 모르는 새에 홀짝홀짝 잔을 기울인 듯 혀가 살짝 꼬여 있었다. 나는 무엇이 진실인지 알 수 없었다.

콜라와 사이다가 오자 아빠는 아예 그쪽 테이블로 가서 한 잔씩 음료수를 따라주며 무슨 이야기인가를 계속 건넸다. 여자들은 여전히 상냥한 표정이었지만 아까보다는 훨씬 굳어버린 자세로 잔을 받았다. 나는 아빠의 뒷모습을 바라보면서 아빠가 놀랄 만한 무언가를 폭로하고 싶은 욕구를 느꼈다. 큰할머니의 자살보다, 할아버지의 문둥병보다 더 강한 비밀을 이야기하고 싶었다. 벌건 얼굴로 연신 웃고 있는 아빠의 얼굴을 보며, 아빠가 보고 싶어 하는 나의 애인이 여자라는 사실을 털어놓으면 어떨까, 하는 생각을 했다. 상상 속에서 나는 아빠에게 말을 걸었다.

"아빠, 제 애인은 여자예요."

상상 속의 아빠는 흥분해서 어쩔 줄을 몰라 하다가, 나를 향해 뭔지 모를 소리를 던지며 상을 뒤엎는다. 얼마 남지 않은 음식들이 바닥에 나동그라진다. 아빠는 흥분을 이기지 못하고 옆에 있던 여자들에게 다 따라주고 빈 콜라병을 내 머리에 던진다. 나는 콜라병을 맞고 머리에서는 피가 흐르고, 처음부터 엉망이었던 이번 여행은 파국으로 치

닫는다…….

나는 우리 테이블로 돌아온 아빠를 응시하다가 지난달에 회사에서 회식했을 때의 이야기를 꺼냈다. 여직원끼리 하는 조촐한 회식이었는데 옆자리 술 취한 중년 남자들이 지분거리는 통에 술자리가 엉망이 되고 말았었다. 중년 남자들은 아가씨들끼리 이렇게 늦게 있어도 되느냐, 무슨 일을 하느냐, 나이가 몇 살이냐 하고 쉬지 않고 질문을 던져댔다. 처음에는 친절하게 응수하던 우리는 결국 짜증이 나서 그 가게에서 나오고 말았다. 나는 그 남자들과 아빠가 크게 차이가 없다는 것을 말하고 싶었지만 아빠는 고개를 몇 번 끄덕일 뿐이었다. 나는 다시 한 번 말했다.

"그러니까, 중년 남자들이 그러는 거 썩 보기 좋지 않았어요."

아빠는 그제야 알겠다는 듯이 말했다. 그래, 그러니까 여자는 빨리 임자를 만나야 되는 거다. 여자끼리 몰려다니니까 그런 일을 당하지. 그 사람 한번 집에 데려와라. 화제가 엉뚱한 곳으로 튀자 나는 또다시 할 말을 잃고 말았다. 테이블이 조용해졌다. 불쾌하고, 견디기가 힘든 침묵이었다. 나는 상상 속에서 했던 말을 그대로 내뱉고 말았다. 제 애인은 여자예요. 아빠는 무슨 말인지 모르겠다는 듯이 내 얼굴을 바라보았다. 내가 다시 힘주어 이야기했다. 제 애인은 여자라고요.

"쓸데없는 소리 하지 마라."

아빠는 한마디를 하고는 다시 회를 한 점 먹었다. 그러고는 마지막 한 잔의 소주를 들이켰다. 수북이 쌓여 있던 회는 이제 몇 점 남지 않았고 빈 소주병으로 식탁 위는 어수선했다. 나는 상상한 대로 무언가 큰일이 일어나길 기다렸지만 아빠는 더 이상 아무 말도 하지 않았다. 나는 다시 한 번 아빠에게 말하려고 했지만 엄마가 내 말을 막았다. 우리 때문이니? 엄마는 소라를 초장에 찍어 먹

으며 나에게 물었다. 내가 무슨 뜻인지 모르겠다
는 눈빛을 보내자 엄마가 다시 물었다. 여자를 좋
아한다는 게 아빠랑 나 때문이냐고. 나는 고개를
저었다. 엄마가 거의 속삭이듯 말했다. 나는 너희
아빠를 사랑한단다. 엄마는 나에게 힘을 주려는
듯 상냥하게 웃어 보였다. 엄마의 앞니에는 초장
이 묻어 있었다. 나는 그동안 엄마가 한 말의 진실
의 무게를 재어본다면 어느 정도일까, 하는 생각을
했다.

회 접시가 깨끗하게 비었을 때 즈음에는 나는
지쳐 대화할 의지를 잃고 말았다. 그건 엄마와 아
빠도 마찬가지인 듯했다. 횟집에서 나왔을 때 모두
얼마간은 난감한 기분이었다. 하늘은 깜깜했다. 아
빠가 멀리 보이는 빨간 글씨의 '한라 노래방' 간판
을 가리키며 노래방에 가자고 제안했다. 붉은 간판
은 마치 하늘에 떠 있는 것처럼 보였다. 아빠는 비
틀거리면서도 운전석에 올라탔다. 나는 말했다. 차

에 타지 않겠어요. 너무 위험해요. 그러나 아빠는 전혀 취하지 않았다면서 시동을 걸었다. 차는 금세 부르르 떨었다. 엄마와 나는 결국 차에 올라탔지만 차를 타고 가려던 계획은 도로로 진입한 지 얼마 되지 않아 어그러지고 말았다. 차의 옆면이 벽에 스치며 금속성의 소리를 냈기 때문이었다. 술을 마신 아빠가 감각을 잃은 탓이었다. 내가 밖으로 나가며 말했다. 차가 괜찮은지 봐야겠어요. 엄마는 말했다. 거의 보이지도 않는 실금만 생겼을 거야. 부딪히는 소리도 겨우 들었을 뿐인 걸. 나는 엄마의 말에 화가 나 보란 듯이 차문을 세게 닫았다.

거리에는 한 명의 사람도 지나가지 않았고, 지나갈 것 같지도 않았다. 나는 라이트에 비친 차의 표면을 들여다보았지만 어둠 때문에 잘 보이지 않았다. 손으로 더듬거려보니 차체가 벗겨진 것이 느껴졌다. 아빠가 비틀거리며 따라 나왔다. 이 정도는 그들이 못 알아볼 수도 있을 거야. 나는 짜증을 숨

기지 못하고 날카로운 목소리를 냈다. 렌터카 회사에서 기물은 보험에 들어 있지 않다고 했어요. 아빠는 양손을 허리에 짚더니 나를 쏘아보았다. 그리고 갑자기 고함을 지르듯 말했다. 걱정 마라, 까짓것 돈은 내가 내마! 나는 아빠의 고함에 기가 눌리면서도 비틀거리며 서 있는 아빠를 노려보았다. 아빠는 뒤를 돌아 담배를 피워 물었다. 아빠 뒤로 펼쳐진 바다의 파도 소리가 선명하게 들려왔다. 나는 어렸을 때 기차역에서 보았던 아빠의 뒤통수를 떠올렸다. 어디로 가야 할지 푯대가 되어주던 뒤통수였다.

문득 이 피곤한 상황에서 어떻게 해서든지 벗어나고 싶다는 생각이 몰려왔다. 어쨌든 내일까지만 버티고, 다시 올라가면 되었다. 내일 똥돼지를 먹고, 다시 예전으로 돌아가는 것이다. 큰할머니와 할아버지의 죽음도, 내가 태어나지 못할 뻔했다는 사실도, 내가 여자를 사귄다는 사실도 어차피 변하는 것은 아무것도 없었다.

우리는 차를 놓고 가기로 했다. 아빠는 습관처럼 앞서서 걷기 시작했지만 소주를 마신 탓에 좌우로 비틀대느라 걸음이 느렸다. 나는 아빠 뒤에서 엄마와 묵묵히 걸어갔다. 미결의 사건을 떠맡은 형사들처럼 우리는 걸었다. 노래방은 생각보다 멀었다. 한라 노래방 간판은 보였다가 안 보이기를 반복했다. 겨울바람은 찼다. 지친 엄마가 펜션으로 돌아가자고 말했지만 아무도 대꾸하지 않았다. 엄마가 한라산 노래방 간판을 보면서 말했다. 저쪽에 한라산이 있는 걸까? 이번 역시 아무도 대답하지 않았다.

아빠는 문득 동생 목소리가 듣고 싶으니 전화를 걸어보라고 했다. 나는 동생의 핸드폰으로 전화를 걸었다. 그러나 몇 번의 신호 연결음 끝에 전화를 받은 것은 동생이 아니라 새된 목소리의 어떤 여자였다. 여자는 여기는 끼 룸살롱인데 동생이 핸드폰을 두고 갔다며 오히려 내게 연락이 되느냐고 물었다. 나는 당황한 나머지 뭘 낀다고요? 하고 물었다. 여자는 뭘 끼는 게 아니고 룸살롱 이름이 '끼' 룸살롱이라고 했다. 끼 많은 애들이 모이길 바라는 마음에서 마담 언니가 지은 거라고 설명하고는 혼자 깔깔깔 웃었다. 내가 알겠다고 말하고 전화를 끊으려고 하자 여자가 새된 목소리로 외쳤다. 저기요, 연락 되시면 미스 김이 지금 연락이 안 되어서 미치기 직전이라고 전해주세요. 나는 미스 김은 또 누구냐고 물으려다가 그만두었다. 너무 많은 것을 알고 싶지 않았다. 나는 겨우 할 말을 한마디 찾아냈다. 급한 일이면 회사로 전화해봐요. 당직이라고 했으니까. 그러자 새된 목소리의 여자가 영문을 모르겠다는 듯이 말했다. 당직이라니요, 오늘 미스 김이랑 안면도에 가기로 했는데요. 그래서 전화 기다리는 거예요. 멈춰선 채 내가 전화 받는 것을 보고 있던 엄마 아빠에게 나는 동생이 핸드폰을 어디에 잃어버린 모양이라고, 하지만 좋은 사람이 주운 것 같으니 곧 찾을 것 같다고 둘러댔다.

우리는 다시 도로 위를 걷기 시작했다. 나는 아직도 아득하게 보이는 노래방 간판을 보며 문득 노래방까지 한걸음에 걸어버리고 싶다는 생각에 휩싸였다. 걸음이 빨라졌다. 비틀거리는 아빠를 스쳐 지나가 나는 도로 위를 걸어갔다. 나와 아빠는 빠르게 멀어졌다. 나는 숨을 헐떡이면서 애인에게 전화를 걸었다. 애인은 잠에 취한 목소리로 물었다. 여행은 재미있어? 나는 잠시 뜸을 들인 뒤 대답했다. 나도 잘 모르겠어. 애인이 작게 웃었다. 무슨 대답이 그러니. 나는 다시 한참이 지난 뒤 말했다. 도대체 가족여행을 왜 온 건지 모르겠어. 그냥 내일은 사람 똥을 먹는다는 똥돼지를 먹어보고 싶을 뿐이야. 핸드폰을 귀에 댄 채 뒤를 돌아보았다. 엄마 아빠는 작은 점이 되어서 조금씩 흔들리며 걸어오고 있었다.

랭귀지 스쿨

**“**

그녀에게 가족이란 하나씩 덜어내야 할 무엇이었다. 남
몰래 그녀는 남동생이 언제쯤 독립을 할까, 부모님이 언
제쯤 돌아가실까를 생각하며 그렇다면 자신은 몇 살에
혼자가 될 수 있는지 따져보고는 했다. 오히려 늘 수도
있다는 생각은 미처 하지 못했었다.

**”**

그녀는 강남역 8번 출구로 나왔다. 빨간 조끼를 입은 아주머니들이 재빠른 손길로 출근하는 직장인들에게 전단지를 나눠주고 있었다. 그녀는 전단지를 받아 내용을 훑어보았다. '강남 랭귀지 스쿨'이라는 학원 홍보지였다. '한 건물에서 영어와 일어, 중국어, 독일어 수강 가능!' '전 건물 외국어 사용 환경 조성!' '연극을 통한 살아 있는 언어 학습!' '해외 취업이나 유학을 꿈꾸십니까?' 같은 홍보 문구들이 두서없이 눈에 들어왔다. 전단지 앞면에 학원장의 사진이 있었다. 주름 하나 없는 얼굴, 이 여덟 개를 드러낸 모범 답안 같은 미소의 중년 남자였다. 그녀는 전단지를 주머니에 구겨 넣었다.

지난 5년간 같은 길로 출근했지만 전단지를 받은 건 손에 꼽을 정도였다. 우악스럽게 들이대는 사람도 있고, 상냥하게 아침 인사를 건네며 내미는 사람도 있었지만, 보통 그녀는 주머니에서 손을 빼지 않고 고집스럽게 앞만 보고 걸었다. 하지만 그날만큼은 서두를 필요가 없었다. 그날은 그녀의 마지막 출근일이었다. 회사에는 그녀가 처리할 일이 더 이상 남아 있지 않았다. 인사팀에서 요구하는 서류에 사인을 하고, 적당한 말을 골라 인사한 뒤에 나오면 그만이었다.

그녀의 세 번째 직장이었던 곳은 스위스계 석유화학 회사였다. 'Swiss'라는 국가명이 들어가는 회사 이름에서는 세련된 다국적 기업의 냄새가 물씬 났다. 하지만 실상은 스무 명 남짓한 한국인들이

실적을 메우느라 분투하는 곳이었다.

이 회사에서 그녀는 경영지원팀에서 일했다. 주문서를 넣고 물건을 보내는 일과, 매달 회계 마감처리가 그녀의 주 업무였다. 일은 언제나 많았지만 영업은 늘 부진했다. 매달 본사에 실적을 보고할 때마다 편법적인 회계 처리로 부족한 영업 실적을 조작하는 일을 수년째 반복했다. 아직 팔지 않은 물건을 이미 판 것처럼 꾸미는 식이었는데 나중에는 실제로 판 것보다 조작한 매출액이 더 커지고 말았다.

사장은 경상도 사투리가 심한 육십 대 남자로, 실적이 나빠 한국 지점이 철수될까 봐 불안과 공포에 시달렸다. 실적 마감이 다가오면 전무나 상무를 방으로 불러 잔소리를 하다가 자신의 화에 못 이겨 손찌검까지 했다. 결국 상습적인 구타를 못 이긴 전무가 본사에 회계 조작 사실을 알렸고, 한국 지점 폐쇄가 결정됐다.

지난 한 달간, 퇴직자들은 순서대로 조용히 짐을 쌌다. 사람들은 짐을 차에 실어 갔고, 차가 없는 사람들은 방문 택배를 불러서 집으로 부쳤다. 그녀는 자기 손으로 직접 짐을 옮기는 것을 택했다. 택시를 타거나 택배로 부칠까도 생각했지만 몇 푼의 돈이 못내 아까웠다. 퇴사가 결정된 바로 그날부터 2주에 걸쳐서 짐을 옮겼다. 책을 옮기는 날에는 가는 도중에 다섯 번 정도 쉬었다. 구형 스탠드는 만원 지하철 안에서 목이 부러져버리기도 했다. 이제 그녀의 서랍에는 몇 개의 필기구와 사원증만 남아 있었다.

심호흡을 한 번 하고 사무실에 들어섰다. 사무실은 하나의 거대한 쓰레기통 같았다. 사무실의 구성물들이 어지럽게 엉켜 있었다. 그녀는 사람들과 마지막 인사를 나눴다. 막연히 언젠가 다시 보자는 사람도 있고, 고생했다며 어깨를 두드리는 사람도 있었다. 적당한 인사말을 찾지 못하고 악수만

나눈 사람도 있었다. 가벼운 가방을 메고 사무실을 나섰다. 나오면서 바닥에 돌아다니는 딱풀과 테이프 두어 개를 가방에 넣었다. 아침에 집에서 나올 때, 벽지 한 귀퉁이가 뜯어진 게 기억났기 때문이었다.


예상보다 더 빨리 강남역 8번 출구로 돌아왔다. 그녀는 새삼스럽게 주변을 둘러보았다. 초등학생이었을 때, 특별한 사정으로 조퇴를 하고 학교에서 나온 어느 날의 기분이 떠올랐다. 평일 오전 10시의 강남은 무엇이 다른지 정확히 꼽을 수는 없지만 느낌이 사뭇 달랐다. 그녀는 지하철로 가려던 계획을 수정해 발길이 닿는 대로 거리를 걷기 시작했다. 걸을 때마다 딱풀이 가방 안을 굴러다니며 작은 소리를 냈다. 잘 차려입은 여자들이 바쁜 듯이 그녀의 옆을 스쳐 지나갔다. 다소 지친 듯 풍경에 눈길을 주지 않는 모습이 그녀들의 이력을 말해주었다. 불과 얼마 전에는 자신도 저 여자들처럼 이곳을 걸었다. 한 무리의 중국 관광객들이 관광버스에서 내려서 거리와 상점으로 흩어졌다. 문득 그녀는 자신이 일했던 곳이 관광지이자 번화가라는 것을 깨달았다.

그녀는 지방에서 올라와 강남에서 일하기 시작했을 때를 떠올렸다. 강남이 그녀에게 고단한 노동의 공간이 되기 전, 잠시 소비의 공간으로 남아 있던 때였다. 조촐한 그녀의 화장품 목록이 늘어나고 유행하는 스타일의 옷으로 옷장 안이 가득 찼었다. 그전까지 그녀는 감당 못할 만큼 물건을 사들이는 타입이 아니었다. 하지만 슬그머니 늘어난 소비는 결국 그녀가 월세방을 정리하고 고시텔로 들어가게 만들었다.

그녀에게는 고정적으로 나가는 돈이 많았다. 고향의 부모님은 농사를 지었지만 매년 투자한 만큼

거둬들이지 못했다. 자신과 무려 열 살 차이가 나는 남동생은 이제 겨우 강원도에 있는 대학에 들어가 자취하고 있었다. 학비는 그녀가 대주어야 했다. 그녀는 수입을 늘리는 방법을 알 수 없어서 소비를 줄였다. 점심에는 회사에서 주는 점심을 배부르게 먹고 퇴근 전에는 저녁에 배고프지 않도록 회사 탕비실에서 달콤한 과자와 커피로 배를 채우고 퇴근했다. 최소한의 옷을 갖춘 뒤에는 쇼핑도 거의 하지 않았다. 하도 많이 입어서 소맷단에 보풀이 빼곡하게 덮인 그녀의 옷을 두고 동료들이 '유니폼'이라고 수군거린다는 것도 알고 있었다. 중독성이 있다는 홈쇼핑이나, 깔끔하고 맛이 좋지만 값이 비싼 쇼핑몰 레스토랑, 식후에 마시는 생크림을 얹은 커피, 회비를 걷는 동창 모임, 직장인을 위한 동남아 해외 패키지여행 같은 것을 경계했다. 그녀는 그렇게 7개월 만에 고시텔에서 나왔다.

그동안 화석이 된 소비 욕구가 살아나는 것을 느꼈다. 오늘만큼은 마음을 느긋하게 먹기로 했다. 며칠 뒤에 퇴직금이 들어올 테고 실업 수당을 받으며 천천히 재취업을 준비할 생각이었다. 소비의 거리를 걷기 전, 그녀는 허기부터 해결하기로 했다. 버거킹에 가서 다 먹지 못할 줄을 알면서도 패티 두 개가 겹쳐져 나오는 커다란 햄버거를 시켰다. 햄버거와 함께 나온 뻣뻣한 재생 티슈로 코 속을 닦아냈다. 새까만 먼지가 묻어났다.

　—하이, 버디! 하우스 잇 고잉?

　그녀는 어디선가 들리는 우렁찬 영어에 주위를 두리번거렸다. 오른쪽 테이블의 학생들이 만나 서로 영어로 인사를 나누고 있었다. 빨대로 콜라를 마시며 주변을 보니 외국어로 대화하는 테이블이 한둘이 아니었다. 왼쪽에서는 중국어 대화가 들렸다. 그제야 그녀는 버거킹에 있는 사람들 상당수가 같은 디자인의 파일을 들고 있다는 것을 깨달았다.

파일에는 출근길에 본 전단지 속의 원장 얼굴도 있었다. 아침에 강남역에서 받아 주머니에 구겨 넣었던 전단지를 꺼냈다. 그녀는 학원이 있는 건물의 1층에도 버거킹이 있다는 것을 발견했다. 아니, 그녀가 있는 건물이 바로 랭귀지 스쿨이 있는 건물이었다. 햄버거를 먹으면서 대학생쯤 되어 보이는 수강생들이 말하는 걸 엿들었다. 그들의 대화는 마치 드라마의 한 장면을 연기하는 듯했다.

그녀는 순전한 호기심에 끌려 학원에 올라가보기로 했다. 랭귀지 스쿨은 총 15층짜리 건물에서 세 개 층을 쓰고 있었다. 학원 로비에는 커다란 모니터에 CNN 뉴스가 나오고 있었다. 로비에는 사람들이 모여 있었고 중앙 무대 위에서 몇몇 사람들이 영어로 연극을 하고 있었다. 아마추어임에 분명했지만, 부끄럽다거나 어색해하는 기색은 찾아볼 수 없었다. 제스처는 미국 영화나 드라마에서 보던 것처럼 이국적이었다. 가끔 웃긴 장면이 나왔는지 관객석에서 웃음이 터져 나왔다.

　─혹시 상담 받으러 오셨나요?

　데스크에 앉은 여자가 그녀에게 물었다.

　─저건, 뭐하는 거죠?

　─수강생들이 영어 연극을 하는 거예요. 저희
학원만의 특징인데, 수강생 전원이 연극에 참여해
야 해요.

　─그럼 다 배우가 아니라 평범한 사람들이라는
거네요?

　─그럼요. 언어를 배우는 데 연극이 아주 효과
적이거든요. 말을 배운다는 게 단순히 단어를 외
운다는 게 아니라 하나의 문화와 사고방식, 제스
처까지 배우는 걸 뜻하잖아요. 그게 저희 랭귀지
스쿨이 지향하는 언어 교육이기도 하구요.

　직원은 또랑또랑한 말투로 설명했다. 자부심을
마음껏 드러내라고 교육을 받은 모양이었다.

　─어떤 언어에 관심이 있으세요?

그녀는 선뜻 대답하지 못했다. 직원은, 무엇을 배울지 잘 모르면 영어 학원에 등록하라고 권하며 두 언어를 동시에 수강할 경우 각각 10%의 할인 혜택이 있다고 덧붙였다.

—직장인이신가요? 요즘은 직장인 수강생이 늘고 있어요.

그녀는 얼떨결에 이미 사라진 직장의 이름을 댔다.

—어머, 외국계 기업이면 영어가 꼭 필요하시겠네요!

—제 업무에는 꼭 영어가 필요하지는 않아요.

그녀의 목소리가 작아졌고, 직원의 목소리는 더욱 커졌다.

—영어가 필요하지 않은 사람은 아무도 없어요. 해외여행만 가려고 해도 당장 영어를 못하면 입국할 때 주눅이 들잖아요.

직원은 확신에 찬 목소리로 말했다.

—전 영어 기초가 거의 없는데요.

—어머! 그렇다면 정말 저희 학원에 잘 오셨어요. 저희는 연극을 통해 영어 공부를 하기 때문에 복잡한 문법보다 생활 영어를 통해서 쉽게 언어에 접근할 수 있어요.

—학원비도 좀 부담되고요.

—이렇게 하면 어떨까요? 오늘까지 영어 수업에 한해서 프로모션을 진행 중이에요. 일단 결재를 하시고, 마음이 바뀌면 3일 안에 연락을 주세요. 수수료 없이 백 프로 환불해드릴게요.

그녀는 지난 직장의 한 달 월급에 맞먹는 학원비를 카드로 결제했다. 틀에 박힌 마케팅을 믿을 만큼 순진하지는 않았다. 하지만 영어 학원에 다닌다는 것은 어떤 계획보다 신선하게 다가왔다. 그녀는 지난 31년 동안 단 한 번도 학원에 다닌 적이 없었다. 이건 어쩐지 '미래 지향적인 소비'인 것처럼 느껴졌다.

집으로 돌아오자 집주인 아줌마가 대문 앞에서 서성이고 있었다. 그녀를 보자 아는 체를 하며 반겼다.

—안 그래도 할 말이 있었는데 잘 만났네. 이 방 말이야. 다음 달부터 7만 원만 월세를 좀 올려야 할 것 같아.

—7만 원이요?

그녀는 10만 원도 아니고 5만 원도 아닌 애매한 가격에 담긴 의중을 알아차리려고 애썼다.

-내가 보증금을 싸게 받았잖아. 내가, 자기가 마음에 들어서 그동안 월세를 안 올리고 있었는데, 보니까 주변에 35만 원 하는 방은 아무데도 없어. 물도 잘 나오고 조용하고 하자도 없는 방이니까 45만 원은 받아야 하는데 자기 생각해서 좀 깎았어.

—한번 생각해볼게요.

그녀는 생각할 게 아무것도 없다는 걸 알면서도 일단은 그렇게 대답했다. 방에 들어가자마자 핸드폰이 울렸다. 동생에게 온 전화였다. 돈 나가는 일은 한꺼번에 터지기 마련이라는 사실이 떠올랐다. 전화를 받자 동생이 특유의 더듬거리는 말투로 말했다. 어, 저, 그게 누나, 어, 나 돈이 떨어져서 어, 그러는데, 그게, 30만 원만 부쳐주면 안 돼? 그녀의 목소리가 날카로워졌다. 아직 방세 보낸 지 얼마 안 되지 않았어? 동생의 목소리는 한층 작아졌지만 물러나지는 않았다. 그게, 필요한 일이 좀 있어서 그래.

그녀는 소리가 나지 않게 한숨을 쉬었다. 동생은 나이 많은 부모와 터울이 지는 누나 아래서 자라서인지 유난히 소심하고 주눅이 들어 있었다. 아르바이트를 해서 자기 생활비를 벌어 쓸 주변머리도 없었다. 그녀는 동생에게 비교적 친절하게 대하려고 애쓰는 편이었다. 열 살 차이가 나는 그 아이가 귀여워서가 아니었다. 어쩐지 낯설고 어렵게 느껴졌기 때문이었다. 어릴 때부터 그녀의 부모는 늦둥

이인 동생을 자식으로 생각하라는 말을 자주 했는데, 그 때문에 그녀는 자신이 누나와 엄마의 중간쯤 되는 존재라고 느꼈다. 요령 없는 동생은 늘 누군가의 도움을 필요로 했고 연로한 부모는 동생에게 살뜰한 애정을 표현한 적이 없었다. 그녀는 동생을 볼 때마다 자신에게 모성이 부족한 게 아닐까, 하고 엉뚱한 고민을 자주 했다.

그녀는 며칠 안에 돈을 부쳐주기로 하고는 전화를 끊었다. 퇴직금이 들어올 때까지는 생활비와 월세 때문에 옴짝달싹할 수 없었다.

그녀는 옷도 갈아입지 않고 방에 누워 퇴직금을 어떻게 쓸지 생각했다. 동생의 학비와 다달이 나가는 월세를 생각하면 여유를 부릴 때가 아니었다. 그녀는 영어를 배우는 것이 어떤 효용 가치가 있을지도 생각해보았다. 언젠가 해외여행을 갈 수도 있지만, 당장은 아닐 것 같았고, 해외에서 살 일은 더더욱 없을 것이었다. 학원비 따위에 돈을 쓰다니

뭐에 홀린 모양이라고, 그녀는 생각했다.

그녀는 습관처럼 '불행'의 가능성들에 대해서 생각했다. 직장을 잃고, 원하지 않는 임신을 하고, 가난한 사람과 사랑에 빠지고, 나쁜 소문에 휩싸이고, 병에 걸리거나 사고를 당하고, 카드 빚을 져서 고시텔을 전전하게 되는 것. 그 수많은 불행의 가능성에 걸려드는 순간, 인생은 순식간에 추락할 수도 있었다. 불행의 가능성을 최대한 많이 생각해내고 대비하는 것. 그녀는 그런 준비가 자신의 인생을 지켜주고 있다고 굳게 믿었다. 그녀는 학원비를 환불 받아야겠다고 생각했다. 실업 수당이 끊기기 전에 일자리를 구하겠다고 다짐했다.

다시 한 번 휴대폰이 울렸다. 동생의 문자 메시지였다. 고마워, 누나. 주말에 시간 있으면 춘천에 놀러 와! 동생은 한 번도 자기가 있는 곳에 놀러 오라는 말을 한 적이 없었다. 그녀는 말더듬이 느껴지지 않는 동생의 문자가 낯설어서 한참을 보았다. 그녀는 그래, 한번 갈게, 하고 답변을 보내고 잠이 들었다.


다음 날 그녀는 랭귀지 스쿨의 카운터로 가서 어제 상담한 직원에게 환불하겠다고 말했다. 노련한 직원은 이번에도 그냥 넘어가지 않았다.

　—마침 프리 체험 데이예요. 한번 수업을 들어보고 결정해보면 어떨까요? 부담 가질 필요는 없고, 그냥 청강한다고 생각하세요.

　그녀의 선택이 진정으로 안타깝다는 표정이었다. 그녀는 무료라는 말에 매몰차게 거절하지 못하고 강의실 빈자리에 앉았다. 얼마 되지 않아 야구 점퍼에 야구 모자를 눌러쓴 남학생이 다가왔다. 중키에 말끔한 외모의 남학생이 그녀를 향해 말했다.

　—헬로우! 유 머스트 비 뉴 인 히어!

그녀는 남자가 자신을 보고 있다는 걸 깨닫고 "네?" 하고 반문했다.

—아, 여기 처음 오셨나 봐요.

서슴없이 말을 붙여 직원인가 했지만 그도 수강생이라고 했다. 그는 자신을 크리스토퍼라고 소개했다.

—크리스요?

—크리스토퍼요. 제가 영화감독이 꿈인데요, 크리스토퍼 놀란 감독을 좋아해서 지은 이름이에요. 누나는 이름이 어떻게 되세요?

—전 김미경인데요.

—아직 영어 이름 안 지으셨구나. 여기서는 다 영어 이름으로 불려요.

크리스토퍼는 학원 시스템에 대해서 알려주었다. 두 달마다 각 팀별로 연극을 준비해 공연한다는 것, 학원 수업은 하루에 한 시간이지만 스터디 팀원들끼리 자율적으로 스터디를 하고 연극을 준비하는 시간이 매우 길다는 점 등이었다.

크리스토퍼는 묻지도 않은 자기 얘기를 늘어놨다.

—제 꿈은요, 세계 일주를 하는 거하고, 최고의 영화를 만드는 거예요. 그러려면 일단 언어를 배워야 해요. 언어가 안 되면 아무것도 못하거든요. 누나는 영어 왜 배워요?

—전 그냥 청강생이에요. 직장 그만두고 재취업할 때까지 잠깐 배워볼까 해서요.

—와, 직장인이셨구나. 일 시작해도 계속 배워요, 누나. 여기 직장인들도 많아요.

—난 영어 쓸 일이 없어서, 언어를 배우기에는 나이도 좀 있고.

—여기 주부랑 할머니, 할아버지, 심지어 스님도 다닌 적이 있어요. 저기 있는 아저씨 보여요? 3년째 다니고 계세요. 무려 3개 국어를 하신대요.

한쪽에서 세련된 캐주얼을 입은 중년 남자를 가

리켰다. 곧 다른 조원들이 도착했다. 그들은 크리스토퍼에게 헬로우, 하와유, 하고 인사했다. 크리스토퍼도 영어로 뭐라고 대답했는데, 한국어로 말할 때보다 목소리도 동작도 한껏 커졌다. 새로 도착한 조원들도 아만다, 데이브, 클레어 그리고 폴이라는 이름으로 그녀에게 자신을 소개했다. 그냥 청강생일 뿐이라고 했는데도 다들 요란하고 반갑게 인사를 했다. 어릴 적 동네에 새로 들어선 교회에 들어갔을 때 느꼈던 무조건적인 환대였다.

그들은 두 달 뒤에 공연할 40분 정도의 연극을 연습하고 있다고 했다. 군대에서 막 제대했다는 데이브라는 수강생이 그녀에게 연극 내용을 설명했다.

—우리는 스튜어트 패밀리예요. 캠핑카를 타고 교외로 놀러 가는데 중간에 차바퀴에 펑크가 나죠. 할 수 없이 근처 모텔에서 하룻밤을 자게 되고, 거기서 아빠가 옛 연인을 만나면서 얘기가 펼쳐져요.

조원 중 나이가 제일 어리지만 똑 부러지게 생긴 클레어가 말을 받았다.

—크리스토퍼가 아빠, 아만다가 엄마, 데이브가 아들, 폴이 다른 투숙객이에요. 전 딸이랑 모텔 여주인 역할을 같이 해요. 여자가 한 명 부족하거든요.

크리스토퍼가 책상을 가볍게 내리쳤다.

—누나가 클레어랑 역할을 나눠서 하면 되겠네! 지금 학원에 들어오면 분명 우리 팀에 들어오게 될 거예요. 사람이 부족한 조는 우리뿐이거든요.

그녀는 난처한 웃음만 지어 보였지만 그러거나 말거나, 조원들은 그녀 앞에서 연극 리딩하는 걸 선보였다. 연기는 어설펐고, 대사를 자주 까먹어 책을 들춰댔다. 하지만 그들은 너무도 진지해서 그녀는 화장실 가고 싶은 것도 참고 경청하는 수밖에 없었다. 집에 돌아가는 그녀에게 크리스토퍼는 그녀의 전화번호까지 물어오며, 꼭 다시 오라고 당부했다.

집에 거의 도착했을 때, 크리스토퍼에게 문자가 왔다.

'누나, 수강하실 거면 카운터에 제가 추천한 거라고 얘기해주면 안 될까요? 친구 추천이면 제가 수강료 10프로 할인받거든요. 다음에 제가 밥 쏠게요! 학원에서 봐요, 누나~^^'

그제야 그녀는 결국 학원비를 환불 받지 못했다는 사실을 깨달았다.


퇴직금이 들어왔다. 시골집과 동생에게 돈을 부치고, 부식거리를 사고, 학원비를 포함한 신용카드 값이 빠져나갔는데도 그녀의 통장에는 500만 원이 조금 안 되는 돈이 남았다.

그녀는 결국 랭귀지 스쿨에 다니기 시작했다. 그녀의 이름은 크리스티나가 되었다. 그녀가 맡은 모텔 여주인의 이름이 크리스티나였기 때문이다. 연극에서 크리스티나는 주인공 남자의 옛 연인이자 관능미를 품은 모텔 주인이었다. 대사를 외우는 일은 생각보다 어렵지 않았다. 대사가 많지 않은 데다가 그녀에게는 시간이 차고 넘쳤다. 하지만 유창한 발음이나 자연스러운 제스처를 따라 하는 데는 서툴렀다.

그녀 덕분에 다음 달 수강료를 10퍼센트나 할인받게 된 크리스토퍼가 보은의 의미로 연습을 도왔다. 대학에서 연극 동아리를 했다는 크리스토퍼는 영어보다는 연기에 소질이 있어 보였다.

—누나, 연기랑 영어의 공통점이 뭔지 알아요? 바로 자신감이에요. 못해도 당당하면 사람들이 잘하는 줄 알거든요.

연극 연습을 할 때 크리스토퍼는 의외의 리더십을 발휘했다. 그녀는 크리스토퍼의 주문에 따라 목소리를 키우고 요염하게 손가락을 꼬면서 모텔 여주인을 연기했다. 그녀가 오버해서 연기를 하면 크리스토퍼가 "멋져요, 누나!" 하고 외치며 환호를 했다. '멋져요'와 '대단해요'가 크리스토퍼가 자주 쓰는 말인 듯했다.

휴학생이라는 크리스토퍼는 하루 종일 학원에 있으면서 공부를 하는 모양이었다. 한번은 연습이 늦어져서 둘이서 밥을 먹었다. 밥 먹는 내내 크리스토퍼는 자신의 계획을 늘어놓았다. 그는 수많은 계획을 가지고 있었고 그 모든 걸 다 할 수 있다고 믿고 있었다. 그중 하나는 올해 워킹 홀리데이 비자로 호주에 가는 거였는데, 호주에서 돈을 벌어서 세계여행을 하고 거기서 첫 장편 영화의 영감을 얻게 될 거라고 했다.

크리스토퍼가 갑자기 생각났다는 듯이 물었다.

—누나, 서른한 살이라고 했죠? 워킹 홀리데이 비자 신청이 나이 제한이 있는데 만으로 서른 살까지예요. 딱 올해까지네요. 누나도 관심 있으면

신청해요!

크리스토퍼는 호주에 가서 일하면 우리나라에 있는 것보다 돈도 많이 벌고 영어도 배울 수 있다고 했다. 호주에 가려고 자료 조사도 많이 했다며 원하면 도와주겠다고 했다. 크리스토퍼의 눈빛은 진심인 것 같기도 했고, 농담인 것 같기도 했다.

대패삼겹살집을 나와 버스 정류장까지 걸어가는 내내 그는 크리스토퍼 놀란 감독의 작품이 얼마나 훌륭한지 떠들어댔다. 〈메멘토〉를 보면 왜 천재라고 하는지 알 수 있다며 철학적인 주제를 상업 영화에 버무리기가 얼마나 힘든지 설명하려고 애썼다.

그날 그녀는 집에 가서 크리스토퍼 놀란 감독의 영화를 몇 편 찾아보았다. 크리스토퍼가 말한 정도는 아니었지만, 그런대로 흥미롭다고 생각했다.

주말에 동생이 있는 춘천에 갔다. 그사이 동생에게 몇 번이나 전화가 더 왔다. 특별한 용건 없이 전화를 거는 법이 없었는데, 뭔가 할 말이 있는 건가 싶었다. 춘천이니까 닭갈비나 먹고 오자는 생각이었다. 그동안 한 번도 가보지 않은 게 마음에 걸리기도 했다.

시외버스 정류장에서 만난 남동생은 어떤 여자애와 같이 있었다. 그녀를 발견하자 동생은 한 손은 여자애의 손을 잡은 채, 다른 한 손으로 손짓을 해 보였다. 옆에 있던 여자애도 꾸벅 인사를 했다.

심하게 머리를 탈색한 노란 머리의 여자애는 한눈에도 건강해 보이지 않았다. 부은 얼굴 위에 눈썹과 아이라인을 그림처럼 그렸고, 어떤 효과를 기대한 건지 과한 볼터치를 했다. 두꺼운 화장에도 불구하고 미소를 띤 표정에서 어린 티가 묻어났다.

셋은 적당한 식당을 찾아 돌아다녔다. 동생과 여자애가 고른 식당은 스파게티집이었다. 가격은 강남 한복판에 있는 가게들에서 파는 것의 절반밖에 안 되고, 인테리어도 겉멋을 전혀 내지 않은 가게였다. 심지어 간판도 이전 가게의 것을 바꾸지 않고 썼다. 파란색 시트지 위에 곳곳이 벗겨진 노란색 시트지로 딱 두 글자 '수육'이라고만 적혀 있었다. 전에 수육 파는 집이었나 보지? 하고 물으니까 동생이 고개를 저었다. 전전 집이 수육집이었지. 직전에는 수제 햄버거집이었어.

그저 스파게티와 샐러드 한 접시를 사줬을 뿐인데도 둘은 그녀에게 고마워하며 맛있게 먹었다. 동생은 여자애를 '미라'라고 불렀다. 여자애는 붙임성이 있었다. 말이 많지 않은 그녀와 남동생의 몫까지 이야기를 해서 분위기가 썰렁해지지 않았다. 그녀에게 피부가 좋다고 한참 감탄을 늘어놓더니, 강남에서 일하다니 대단하다며 그녀를 한껏 띄워주었다. 최소한의 경제 활동을 하는 것만으로도 그녀는 어른 대접을 받았다. 커피를 한 잔씩 한 뒤에 집으로 돌아가려는 그녀를 노란 머리 여자애가 잡았다.

—언니, 집에 들렀다 가세요.

그녀는 최대한 정중하게 팔짱을 풀었다. 그런데도 여자애는 물러나지 않았다. 집에 가서 맥주 한 잔 하세요. 내일 쉬는 날이잖아요. 그녀는 그 단단한 팔짱을 두 번이나 풀어내지 못했다.

집 앞 슈퍼에서 동생은 요즘 편의점 아르바이트를 시작했다며 자기가 맥주를 사겠다고 했지만 결국 현금이 부족해 그녀가 계산했다. 그녀는 동생의 집에서 원치 않는 것을 보게 될까 봐 두려웠다. 이를테면 나뒹구는 콘돔이나 건조대에 걸린 여자 팬티 같은 것들 말이다. 하지만 집은 걱정했던 것보다 깔끔했다. 비좁았지만 가지런히 놓인 물건들이 누군가의 손길을 느끼게 했다. 자세히 보니 곳곳에 여자애의 흔적이 있었다. 머리카락이 잔뜩 붙은 헤어롤, 두 개의 칫솔, 여자 옷가지들이 있었다. 여자애는 소면을 삶고 소스를 비벼서 야무지게 만든 안주를 내왔다. 셋은 맥주를 앞에 두고 다시 앉았다.

—근데, 미라 씨는 무슨 과예요?

그녀가 묻자, 여자애는 선뜻 대답을 못하고 그녀의 동생을 한 번 쳐다봤다.

—저는 대학생이 아니라 일하고 있어요. 학교 앞 화장품 가게에서요.

동생은 둘이 만난 곳도 화장품 가게라고 했다. 그녀는 여자애가 무안해할까 봐 옛 직장 상사 욕이라든지, 살인적인 강남 물가라든지 생각나는 대로 이야기를 늘어놓았다.

—선우는 어렸을 때 어땠어요?

여자애가 물었다. 그녀는 기억을 더듬었다. 동생이 태어난 건 그녀가 열한 살 때였다. 그녀의 부모는 말을 거의 하지 않는, 농사를 짓고 밥을 먹고 잠을 자는 것 이외의 활동에는 딱히 관심이 없는 사람들이었다. 미움도 사랑도 애초에 없었던 것처럼 무덤덤하게 살아가는 사람들이었기 때문에 그녀는 그들 사이에서 이렇게 시끄러운 존재가 태어났다는 것에 놀랐다. 그리고 커서는 그렇게 데면데면한 부부가 아이를 만들어냈다는 것에 대해서 다시 한 번 놀랐다. 아마도 딱히 두 번째 아이를 바란 건 아니었고 그저 생겨서 나온 것인 듯, 그녀의 부모는 동생에게 생존에 필요한 만큼만 제공했다. 그리고 젖을 떼자마자 그녀에게 아이를 넘겼다. 그녀는 부모가 아무것도 해줄 생각이 없으면서 아이를 낳은 것에 대해 심한 혐오감을 느꼈고, 자신의 노동력을 착취당한다고 여겼다. 하지만 이런 과거의 느낌을 여자애에게 솔직하게 고백할 수는 없었다.

늦은 밤, 막차를 타고 그녀는 집으로 돌아왔다. 자고 가라는 여자애의 말을 뿌리친 건, 그 좁은 방에서 도대체 어떤 배열로 자야 할지 고민이 되었기 때문이다. 둘은 시외버스 정류장까지 나와 그녀를 배웅했다. 언니, 와줘서 고마워요. 여자애는 끝까지 살갑게 웃어 보이며 화장품 샘플이 잔뜩 담긴 봉투를 내밀었다. 차에 올라 어깨동무를 하고 뒤돌아서는 두 아이의 모습을 보다가 크리스토퍼 생각이 났다. 핸드폰을 보니 마침 크리스토퍼한테 문자가 와 있었다.

'누나, 내일은 완전 빡세게 연습할 거예요. 섹시한 크리스티나를 보여줘요!'

그녀는 랭귀지 스쿨에 가고 싶어졌다.

그녀는 랭귀지 스쿨이 있는 13층까지 계단으로 올라가고는 했다. 수강생들이 복도로 나와서 연극 연습하는 걸 보는 게 좋았다. 독일어는 박력 있고 사소한 오차도 허락하지 않을 것 같은 엄격함이 느껴졌다. 일본어는 사근사근하고 다정했고, 중국어는 우렁차고 거칠 것이 없는 느낌이었다. 그녀는 상담원의 설명이 옳았다는 것을 깨달았다. 언어는 문화고 태도였다.

─크리스티나 누나!

뒤돌아보니 크리스토퍼가 자신을 보고 있었다. 그녀는 가방에서 크리스토퍼에게 빌린 책을 꺼내 건넸다. 호주 워킹 홀리데이에 간 다양한 나라에서 온 사람들의 인터뷰를 묶은 책이었다. 인터뷰한 사람들은 하나같이, 뻔하고 답답한 일상에서 벗어나 새로운 삶을 발견했다고 했다. 책에 나온 사람들 중 그녀의 마음에 가장 와닿았던 얘기는 가족과 연인, 모든 인간관계가 엉킨 채 왔다는 한 백인 여자의 인터뷰였다. '전 도망치듯이 이곳에 왔죠. 하지만 이제는 나의 모든 현실들이 객관적으로 보여요. 더 이상 다른 사람들을 미워하지 않아요. 그리고 그들도 같은 마음일 거라고 생각해요.' 사진 속 여자는 바나나 나무 앞에서 화장기 없이 주근깨 가득한 얼굴로 웃고 있었다. 헝클어진 금발 머리를 포니테일로 질끈 묶고 구릿빛 피부에 흰 나시 티를 입은 그녀는 더할 나위 없이 건강해 보였다. 그녀는 크리스토퍼에게 책이 흥미 있었다고 말했다.

—그럼 누나, 호주에 가는 거죠?

장난기가 묻어나는 얼굴로 크리스토퍼가 물었다. 그녀도 장난처럼 대꾸했다.

—그래 가자, 호주.

—오! 진짜요? 그럼 우리 집도 같이 알아봐요. 크리스토퍼, 크리스티나. 이름도 비슷하고 남매 같잖아요.

그녀가 대답이 없자 크리스토퍼가 말을 이었다.

—누나, 나는 세상은 고무줄 같다고 생각해요. 늘리면 늘어나고, 줄기 시작하면 한없이 줄어들어요. 누나, 나 토익 잘 보려고 영어하는 거 아니에요. 세상을 늘리는 데 도움이 될 것 같아서 하는 거예요. 온몸을 쫙쫙 펼치고 싶어서요.

이렇게 말하며 크리스토퍼는 양팔로 기지개를

쭉 폈다. 크리스토퍼를 바라보며 그녀는 그가 어린 동시에 어딘가 자기보다 어른스러운 면도 있다고 생각했다.


연극을 앞두고 막판 연습을 했다. 그녀는 대사 분량이 적었지만 이번 연극의 포인트가 되는 역할이라고 크리스토퍼가 잔소리하는 바람에 긴장을 놓을 수가 없었다. 연극 속에서 그녀는 크리스토퍼가 맡은 극중 남자에게 요염하게 다가가야 했다.

　―이봐, 우리 고등학교 때 생각나? 졸업 파티에서 우리 커플이었잖아.

　크리스토퍼가 지시한 대로 그녀는 그의 옷깃을 쓸어내리면서 말했다. 크리스토퍼는 뻣뻣하게 서서 어수룩한 중년 남자를 연기하는 데 여념이 없었다.

　―물론이지, 크리스티나. 그날 우리는 환상적인

커플이었지.

　—그래. 그리고 파티가 끝난 뒤의 일도 기억나? 남들 몰래 파티장에서 나와 풀숲 사이로 한참을 걸었던 거 말이야.

　그녀는 크리스토퍼의 어깨를 짚고 주위를 한 바퀴 빙 돌았다. 그리고 윙크와 함께 손으로 키스를 날렸다. 그녀의 과장된 연기에 조원들은 참지 못하고 웃음을 터뜨렸다. 크리스토퍼가 엄지를 치켜들었다.

　연습은 늦어졌지만, 대사도 연기도 확연히 나아져서 학원을 나오는 조원들의 표정이 좋았다. 내친김에 조원들끼리 맥주를 마시러 갔다. 술자리의 화제는 역시 영어 공부였다. 그녀는 조원들 모두 해외로 나갈 궁리를 하고 있다는 것에 놀랐다. 데이브는 대학에 미국 교환 학생 프로그램이 있어서 지원할 거라고 했고, 아만다는 영국으로 어학연수를 가려고 아르바이트로 돈을 모으고 있다고 했다. 독실한 기독교인인 폴은 영어도 배울 겸 장기 해외 봉사를 떠난다고 했다. 크리스토퍼가 불쑥 말했다.

—크리스티나 누나는 나랑 호주에 갈 거야.

크리스토퍼의 갑작스러운 말에 그녀는 당황했다.

—누나, 얘한테 넘어간 거예요? 얘는 하여간 아무한테나 들이댄다니까.

데이브가 대수롭지 않게 넘겨버렸다. 데이브의 말에 따르면 같이 호주에 가자고 제안한 게 그녀뿐인 건 아닌 듯했다. 화제는 주변에서 들은 호주 워킹 홀리데이 일화로 옮겨갔다.

홈스테이를 한 집 정원에 키우던 사슴이 너무 크고 위협적이어서 집 안에만 있었다는 얘기, 대마초에 빠져서 폐인이 되었다는 얘기, 농장에 처박혀 일만 해서 해본 영어라고는 '안녕하세요'와 '집에 보내줘'밖에 없었다는 얘기도 나왔다.

그녀는 자신이 호주에 간 모습을 상상해보았다.

강남 지하철이 아닌, 사람이 거의 없는 초원에 서 있는 자신의 모습은 상상이 되지 않았다. 그녀의 상상에 크리스토퍼가 불쑥 끼어들었다. 정말 크리스토퍼와 함께 호주에 가게 된다면, 가끔은 한 집에서 저녁을 만들어 먹고 달콤하고 달콤한 초콜릿을 후식으로 먹으면서 빈둥거리게 될지도 몰랐다. 한국에서 만난 사람들은 아무도 그녀에게 연락하지 않을 것이다. 그녀의 부모에게 호주는 쉽게 방문할 수 있는 세계가 아니었다. 그녀가 호주에 간다면, 부모의 세상에서는 완전히 사라져버린 것과 다르지 않았다.

춘천에 다녀온 이후로 동생이 전에 없이 전화를 하거나 문자 메시지를 보내는 일이 잦아졌다. 그날은 뜬금없이 밤중에 전화를 했다. 동생은 술에 취했는지 부정확한 발음으로 말했다.

—누나, 미라 정말 착한 애야.

—그래, 좋은 애 같더라.

—누나, 나 아르바이트도 열심히 하고 학점도 제대로 딸 거야. 누나한테도 잘하고 미라한테도 잘하고.

—그래, 넌 다 잘할 수 있을 거야.

—그럼, 그럴 거야.

그녀는 난데없는 동생의 변화를 어떻게 받아들여야 할지 몰랐다. 남동생이 한 여자를 그렇게까지 좋아하게 된 게 놀라울 따름이었다. 돈을 부쳐달라는 말도 전보다 자주 했다. 미라가 아파서 당분간 일을 쉬어야 할 것 같다며 안절부절못했다.

연락은 동생뿐 아니라 여자애한테도 왔다. 여자애는 또 놀러 와라, 날씨가 추우니까 옷을 따뜻하게 입어라, 하고 살뜰하게 그녀를 챙겼다. 그녀는 답장으로 보낼 말을 고르며 피로감을 느꼈다.

하지만 동생이 난데없이 결혼 이야기를 꺼냈을

때, 그녀는 뭔가 심상치 않다는 느낌을 가졌다. 남동생은 동거로는 부족하다는 듯 결혼을 하고 싶다고, 부모님께 얘기를 해달라고 말했다.

　—너희, 아직 너무 어려. 졸업하고 군대도 다녀오고 그때 생각해도 늦지 않아.

　—누나가 좀 도와주면 할 수 있지 않을까?

　동생은 뭔가 더 이야기하고 싶어 했지만, 그녀는 일을 핑계로 전화를 끊었다.

　며칠 뒤 여자애가 전화를 했지만 그녀는 별로 받고 싶지 않았다. 하지만 굳은 의지가 느껴질 정도로 전화벨이 끈질기게 울렸다. 결국 그녀가 전화를 받았을 때, 전화기 너머로 들리는 여자애의 목소리는 지나치게 차분해서 비장하게 느껴졌다.

　—언니, 사실 저 아이를 가졌어요. 지금 7개월이에요.

　그녀는 할 말을 잃었다. 여자애는 두려울 게 없다는 듯 당당했다.

─저는 부모님이 안 계셔서, 선우 가족한테 꼭 축하를 받고 싶었어요. 저, 아이 낳으려고요. 낳아서 잘 키울 테니까 꼭 축하해주세요.

그녀는 여기까지 듣고 조용히 핸드폰을 꺼버렸다. 그녀에게 가족이란 하나씩 덜어내야 할 무엇이었다. 남몰래 그녀는 남동생이 언제쯤 독립을 할까, 부모님이 언제쯤 돌아가실까를 생각하며 그렇다면 자신은 몇 살에 혼자가 될 수 있는지 따져보고는 했다. 오히려 늘 수도 있다는 생각은 미처 하지 못했었다. 그녀는 그동안 불행을 가져다주는 수많은 경우의 수를 생각해왔다. 실직과 질병, 갑작스러운 사고나 부모님의 파산을 늘 두려워해왔다. 하지만 자신에게 일어난 일은 경우의 수 중에 없었다. 동생이 아이를 낳는 상황은 미처 생각해보지 못했다.

그녀는 동생 생각을 잊기 위해 연극 연습에 몰두했다. 예전에 사귀었던 남자에게 그윽한 목소리로 이 모텔엔 남는 방이 많아, 우리 예전에 좋았잖아?
라며 유혹하는 여자, 가족 따위가 무슨 대수냐며
모두 버리고 내게 오라고 유혹하는 여자가 내 역할
이었다. 그러다가 문득 여자애 생각이 났다. 여자애
와는 달리 그녀는 아이를 가져본 적이 없었다. 섹
스를 해본 지도 오래되었다. 하지만 그 여자애는 정
기적으로 남동생과 몸을 섞을 것이고, 어쩌면 조만
간 한 아이의 엄마가 될 수도 있을 것이다. 그녀는
여자애의 얼굴, 처음 보았을 때와 헤어질 때의 표
정을 자세히 떠올려보려고 했지만 쉽지 않았다. 희
미한 인상만 어렴풋이 맴돌 뿐이었다.


며칠 뒤, 랭귀지 스쿨에서 처음으로 무대에 서는
날이 왔다. 수강생들이 빼곡히 들어찬 관객석 맨
앞에 전단지에서만 보던 호쾌한 웃음의 원장도 앉
아 있었다. 조원인 클레어는 섹시한 역할에 어울릴

거라며 입술 위에 점을 찍어주었다. 마릴린 먼로와 같은 위치라고 했다.

그녀는 대사를 잊지 않기 위해 그날 아침까지 연신 반복해서 외웠다. 지난 며칠 동안 동생과 여자애에게 전화와 문자가 번갈아가며 왔지만 그녀는 아무런 응답도 하지 않았다. 그 대신에 동생에게 두어 번 크지 않은 돈을 보냈다. 패밀리 레스토랑에서 두 번 정도의 식사를 할 수 있는 돈이었다. 보내면서 낙태 비용으로 쓰기에는 부족한 돈인지, 낙태는 몇 개월까지 가능한 건지 혼자 생각해보기도 했다. 가끔 그 아이들이 무엇을 하며 시간을 보내고 있을지 궁금했다. 남동생보다는 여자애를 더 자주 생각했다.

그녀는 주인아줌마에게 방을 빼겠다고 통보했다. 고향으로 돌아간다고 말해두었다. 크리스토퍼와 상관없이 그녀는 호주로 가기로 결심했다. 아무도 나에게 연락할 수 없는 곳이라면, 어디든 상관이 없었다. 그녀는 퇴직금과 보증금을 온전히 자신만을 위해 쓰기로 했다. 인생이 바뀌는 것도 의외로 어려운 일이 아니라는 생각이 들었다.

조원끼리 모여 최종 리허설을 했다. 크리스토퍼가 그녀에게 다가와 누나, 나 꼬실 때 표정 장난 아닌데요? 하고 놀리듯 말했다. 연극을 십 분쯤 앞두고 있을 때 동생에게서 전화가 왔다. 그녀는 늘 그랬듯이 전화를 받지 않으려고 했지만 곧이어 온 문자는 외면할 수 없었다.

'누나, 아이가 빨리 나왔어. 근데 미라가 안 깨어나.'

그녀의 기억이 맞다면 이제 임신 칠 개월 남짓이었다. 그녀는 결국 동생의 전화를 받았다. 동생은 전화 저편에서 울고 있었다. 알아듣기 힘든 말로 울부짖었다. 누나, 미, 미라가 안 깨어나. 아이를 낳다가 혈관이 터졌다는데 무슨 말인지 모르겠어! 누나, 이리로 좀 와줘……. 동생은 한동안 횡설수설했다. 누, 누나, 미라가 죽으면 어떡하지? 식물인간이 되면 어떡하지? 누나, 난 애 없이는 이제 살 수가 없어. 정말 잘해보려고 했는데…….

창문 건너편에서 크리스토퍼가 빨리 오라고 그녀에게 손짓을 했다. 그녀는 이 연극을 성공적으로 마칠 수 있을지 알 수 없었다.

# 반전(反轉)하는 주인공들

**장정일** (소설가)

김지숙의 첫 번째 소설집 『스미스』는 단편 소설 네 편을 담고 있다. 발표 순서대로 묶여 있는 네 편의 공통점은 주인공이 모두 20대 초반에서 말에 이르는 미혼 여성인 점이다. 식품 회사 직원인 「스미스」의 '나'는 29세가량, 작은 재무 컨설팅 회사의 직원인 「말해봐요, 미스 신」의 '미스 신'은 23세, 직종이 나오지 않는 「우연한 가족사」의 '나'는 27세, 그리고 5년간 다니던 스위스계 석유 화학 회사가 폐업하자 실업자가 되어버린 「랭귀지 스쿨」의 김미경은

31세다. 방금 보았듯이, 이 주인공들의 또 다른 공통점은 대학교를 졸업하고 한 번도 쉬지 않고 직장을 다닌 직장 여성들이다.

이 소설집의 표제작인 「스미스」로 김지숙이 작가 활동을 시작한 2009년은 2000년대 중반부터 독자들의 주목을 받았던 칙릿(chick lit·'젊은 여성'을 의미하는 영어 속어 'chick'과 문학을 의미하는 영어 'literature'의 줄임말인 'lit'을 합쳐 만든 신조어)이 형체도 없이 스러져 가는 중이었다. 선망의 대상이 되는 특이한 전문 직업군에 종사하는 20~30대 여성 주인공의 연애와 생활, 취향을 주 내용으로 삼는 칙릿은 두 가지 상반된 평가를 받았다. 하나는 물질과 소비에 침윤된 도시 여성의 자기 계발이 적당히 함유된 판타지(성공담)일 뿐이라는 부정적인 평가, 다른 하나는 사회적으로나 경제적으로 여성에게 떠맡겨진 수동적 역할을 거부하고 자립적이고 주체적인 직업 여성상을 제시하고 있다는 긍정적인 평가. 부정적 평가는 오랫동안 여성 문학 일반에 가해진 상투적인 비판, 즉 역사나 사회에 대해 논하지 않으면 작가 의식이 약한 것으로 보았던 그동안의 비판을 칙릿에 되풀이한 것으로 보인다. 반면 긍정적인 평가는 여성을 자본주의 현장의 국외자가 아니라 중요한 행위자로 보는 칙릿에 여성주의 비평이 편을 들어준 것으로 보인다.

칙릿은 긍·부정을 떠나 여성의 현실을 바로 반영하고 있지 않다는 불편함을 안고 있었다. 칙릿이 갖고 있는 판타지성은 막상 여성이 직장과 사회에서 겪는 '유리 천장'을 외면한다. 여성주의 비평가들은 여성 독자의 칙릿 읽기에 '유토피아적 반항의 요소'를 부여하기도 하는데 어쩌면 칙릿 읽기의 뒷면에는 길티 플레저(guilty pleasure · '죄책감을 느끼는 즐거움' 정도로 해석할 수 있다)가 작동하고 있는지도 모른다. 여성 독자들은 칙릿의 주인공이 성취한 성공에서 대리 만족(도취)을 구하는 동시에 그녀처럼 되지 못한 자신을 보며 죄의식을 느꼈을 법하다. 길티 플레저는 독한 사태나 처방이 아니면 끊기 힘들다.

김지숙이 「스미스」로 등단한 2009년은 칙릿의 열풍이 막 사그라지는 때였다. 작가가 그것을 의식 하였는지는 모르지만, 등단작을 포함한 네 편의 작품 속에 나오는 여주인공들은 도전과 활력으로 무장한 칙릿의 여주인공들과는 완전 딴판이다. 이 들은 칙릿이 애정한 특이한 전문 직업군에 속해 있지도 않는 데다가 학력이 높고 사회적·경제적 여유를 가진 30대 이상 50대 미만의 미혼 여성을 가리키는 콩글리시인 골드미스(gold miss)나 그것의 미국식 표현인 알파걸(alpha girl)의 근처에도 닿지 못한다.

이번 소설집의 표제작이자 작품집의 가장 맨 앞 에 나오는 「스미스」는 명동에서 데이트를 하다가 길을 잃어버린 '나'의 이야기다. 그녀는 처음 소개 팅을 한 이후, 다섯 번째로 데이트를 하게 된 남자와 명동에 있는 어느 스타벅스에서 만났는데, 갑자기 생수가 마시고 싶어서 스타벅스 바깥으로 물을 사러 나왔다가 되돌아가는 길을 잊어버렸다. 그녀는 남자가 기다리고 있을 스타벅스로 되돌아가기 위해 기억을 짜내는데, 그녀의 스타벅스 찾기 노력을 방해하는 결정적인 장애물은 명동에만 무려 일곱 개의 스타벅스가 있다는 것. 세계 최대 규모의 프렌차이즈 커피 카페인 스타벅스의 공격적인 매장 확대와 워쇼스키 형제의 〈매트릭스〉(1999)에 나오는 스미스 요원의 자기 증식이 겹쳐지는 이 상황은, 명품 커피 카페로 알려진 스타벅스에 대한 조롱이 섞여 있다.

기업이 소비자에게 판매하는 차별화와 특별함(개성)이 사실은 더 많은 판매를 위한 술수였다는 것을 새삼 탄로내고 있는 「스미스」의 문제의식은 여기서 그치지 않는다. 작가는 이 작품의 말미에 준비한 반전으로 독자를 놀라게 한다. '나'는 다섯 번째에 찾은 스타벅스에서 간신히 자신을 기다리고 있는 남자를 찾게 되지만, 그가 지금껏 거쳐온 스타벅스에서 보았던 "비즈니스 캐주얼 차림에 길지도 짧지도 않은 머리, 목에 액세서리처럼 걸려 있는 사원증 목걸이. 공교롭게도 모두 얇은 테의 안경"을 쓴 "그 많은 스미스 요원들과 다를 바가 없는 모습"이라는 것을 알고 충격을 받는다. 이 소설의 결말인 "나는 가방을 들고 스타벅스를 나왔다. 그리고 다시 길을 걷기 시작했다."는, 이 소설의 첫 문장 "길을 잃은 것 같았다."와 호응한다. 이 작품은 현대인의 존재가 고작해야 스타벅스의 일원이 되는 것으로 완성되고 마는 소극(笑劇)을 통해 소비 사회에서의 존재 양식에 대한 무거운 질문을 하고 있다. 예컨대, 명품 백이나 슈퍼카를 소유(소비)하게 되면, 나는 특별한 존재가 될 수 있을까?

식품 회사에 다니고 있는 「스미스」의 여주인공이 가족 이야기를 일절 하지 않는 것을 보면 내세울 것이 변변하지 않은 집안이기 때문일 것이다. 이런 특성은 김지숙의 작품 모두에 해당한다. 「말해봐요, 미스 신」에 나오는 '미스 신' 또한 가족 이야기는 비밀에 부쳐져 있다. 있다고 해봤자 "엄마도 내 이름보다 야 이년아, 라고 부르는 일이 많았다."라는 말뿐이다. 스무 살 때부터 경리 생활을 했다거나, 전문 대학교를 졸업한 남자 친구와 사귀고 있는 여러 정황은 그녀의 최종 학력이 전문대 졸업에 불과하다는 것을 알려준다. 이는 그녀가 '금수저 계급'이 아니라는 것을 알려주며, 화려한 취업 자격을 구비하지 못했던 그녀가 다닐 수 있는 회사와 업무라고는 두 남자가 공동으로 운영하는 구멍가게 수준의 재무 컨설팅 회사에서 고객의 전화를 받는 일 정도다.

'미스 신'의 애인 H는 부잣집에서 태어나 빈둥거리기만 하다가 미국으로 유학을 가게 되는데, 현재의 그녀는 임신을 했을 가능성이 크다. 그런데도

'미스 신'은 그에게 아무 의사도 밝히지 못한다. 이는 다시 한 번 그녀의 출신 계급을 상기시킨다. 부모의 사랑과 지원을 받으며 자라나지 못한 계층의 아이들은 자긍심에서 생겨난 자립심이 아닌, 방치된 상태의 자립을 억지로 떠맡게 된다. 그것의 가장 나쁜 형태는 자신에게 닥친 모든 것을 운명으로 감내하는 것으로, 그것은 진정한 의미의 자립심이 아니다.

「우연한 가족사」에 이르러 지금까지 작가가 드러내지 않았던 가족의 전모가 나온다. 아버지가 서른두 해 동안 다닌 직장을 퇴직한 기념으로 제주도로 가족여행을 온 한 가족의 이야기를 '나'의 시점으로 진술하고 있는 이 소설은 앞에 나온 두 소설을 보면서 짐작했던 그대로, 김지숙 소설에 나오는 주인공들이 소시민 계층이라는 것을 확인시켜준다. 더불어 이들이 이상적인 '스위트홈'의 구성원처럼 달달한 관계로 결속되어 있기는커녕 데면데

면하게 지내왔다는 것도 확인할 수 있다. 이번 여행이 "첫 가족여행"이라는 '나'의 말에 따르면 이 가족은 주인공이 27세가 되도록 한 번도 가족여행을 해본 적이 없었는데, 뒤늦게 이루어진 최초의 가족여행마저도 남동생이 여행 이틀 전에 당직을 핑계로 빠졌으니 온전한 게 못 된다.

레프 톨스토이가 어느 소설을 시작하면서 했던 "행복한 가정은 모두 모습이 비슷하고, 불행한 가정은 모두 제각각의 불행을 안고 있다."라는 말을 떠올리며, 이런 말을 해볼 수도 있다. "행복한 가정은 여행을 통해 더 큰 행복을 얻지만, 불행한 가정은 여행에서 자신들의 불행만을 확인한다." 바로 이 소설에 나오는 가족 이야기다. 술을 마시기 위해 제주도까지 왔다는 듯이 연거푸 술잔을 비우던 아버지는 돌아가신 할아버지와 할머니 이야기로 어머니와 설전을 벌이는데, 이 자리에서 '나'가 지금까지 모르고 있었던 집안의 내력은 물론 썩 유쾌하지만은 않은 '나'의 출생담도 까발려진다.

작품의 끄트머리에 반전을 마련하거나 반전을
제시하며 작품을 맺는 것은 김지숙이 공들여, 그
리고 자주 사용하는 기술이다. 「스미스」에서는 고
생해서 스타벅스를 찾아낸 여주인공이 그녀를 기
다리고 있던 데이트남을 거부하게 되고, 「말해봐
요, 미스 신」의 여주인공은 지금까지 살면서 참기
만 해온 자신의 울분을 욕으로 풀게 된다. 「우연한
가족사」의 반전은 소설의 도입부에서부터 '(남자)
애인'을 과시하던 여주인공이 갑자기 레즈비언으
로 커밍아웃하는 것이다. '나'의 커밍아웃은 가족
여행에서 쌓인 스트레스를 푸는 행위로 비치기도
하는데, 이 작품의 진정한 반전은 '나'의 커밍아웃
이 아니라, "아빠, 제 애인은 여자예요."라는 딸의
고백에 어머니가 이렇게 묻는 대목일 것이다. "우리
때문이니? […] 여자를 사랑하는 게 아빠랑 나 때
문이냐고." 커밍아웃된 것은 '나'의 성정체성이 아

니라 부부(부모)의 불행이다. 실로 행복한 가정은 여행을 통해 더 큰 행복을 얻지만, 불행한 가정은 여행에서 자신들의 불행만을 확인한다.

「랭귀지 스쿨」에 나오는 김미경은 "불행의 가능성을 최대한 많이 생각하고 대비하는 것"이 신조인 31세의 여성으로, 앞에 나온 세 여주인공의 미래다. 지방에서 농사를 짓는 부모 밑에서 태어나 고향에서 학업을 마치고 서울에서 직장을 구한 그녀는 판매망만 가진 스위스계 다국적 기업에 취업해 5년 동안 근무했으나, 회사가 폐업하자 실업자가 되었다. 그녀에게는 10년 아래의 남동생이 있는데, 남동생의 학비를 대는 것은 그녀의 일이다. "그녀의 부모는 동생에게 생존에 필요한 만큼만 제공했다. 그리고 젖을 떼자마자 그녀에게 아이를 넘겼다. 그녀는 부모가 아무것도 해줄 생각이 없으면서 아이를 낳은 것에 대해 심한 혐오감을 느꼈고, 자신의 노동력을 착취당한다고 여겼다." 부모는 그녀가 어릴 때부터 누나인 그녀에게 남동생인 "늦둥이를 자식으로 생각하라."는 당부를 하곤 했다. 「스미스」와 「말해봐요, 미스 신」의 여주인공이 가족과 단절한 채 사는 이유도 어쩌면 김미경처럼 그들에게 떠맡겨진 '돌봄' 사역으로부터 벗어나기 위해서가 아닐까.

실업자가 된 김미경은 재취업 준비 삼아 외국어 학원에 영어 수업 강의를 신청하게 되고, 그곳에서 만난 동료 수강생으로부터 함께 호주로 워킹 홀리데이(관광 취업)를 떠나자는 권유를 받는다. 그녀는 남동생의 애인에게서 임신 7개월째니 도와달라는 전화를 받고 나서 호주로 떠날 것을 결심한다. "그녀의 부모에게 호주는 쉽게 방문할 수 있는 세계가 아니었다. 그녀가 호주에 간다면, 부모의 세상에서는 완전히 사라져버린 것과 다르지 않았다." 이 작품의 끝 문장을 보면, 그녀가 결심대로 한국을 떠날 수 있을지 확신하기 어렵다. 그나마 분명한 것은 "가족이란 하나씩 덜어내야 할 무엇이었다."라고 다짐하게 된 것이다.

2007년 2월 27일자 한국일보 기사 「"문학·출판계 칙릿을 노려라" … 25~35세 여성이 문학 시장 움직인다」, 같은 신문 2008년 4월 7일 기사 「6편의 대표작으로 본 '한국형 칙릿'의 스펙트럼」 같은 기사를 보면 칙릿의 유행은 금방 시들 것 같지 않았다. 하지만 언론이나 일부 평론가들의 호들갑과 달리 2008년 여름, 미국에서 시작된 글로벌 금융 위기가 터지자 칙릿은 눈 녹듯 사라졌다. 글로벌 금융 위기가 장기화되면서 고용이 악화되고 기본적 생존마저 위태로운 상황에서, 여성들은 남성보다 극심한 고용 불안과 실직 위협을 맞게 되었다. 이처럼 독한 사태를 맞아 자취를 감춘 칙릿은, 그로부터 시간이 꽤 경과한 2016년 5월 17일, '강남역 화장실 여성 살인 사건'과 그해에 시작된 미투 운동으로 사망 선고를 받았다. 두 사건은 칙릿을 소비

한 여성 독자들에게 뒤늦은 '현타'를 불러일으켰음 직하다.

김지숙이 등단을 하면서 연이어 내놓은 소설은 2000년대 중반의 대세였던 칙릿이 한때의 문학 트렌드로 반짝하고 사라지는 교체기에 나왔다. 세상 물정이 다 그렇듯이, 여성에 대한 사회적·경제적 재현 역시 어느 것만 옳고 어느 것은 틀리는 일방적인 방식으로만 이루어지지 않는다. 하지만 칙릿은 자본주의에 완벽하게 적응한 여성의 일부(일면)만 재현함으로써 자본주의의 주변부로 밀려난 여성을 보이지 않게 만들었다. 김지숙의 소설은 성공한 여성의 눈으로 세상을 바라보는 한 시대의 트렌드가 놓친 대다수 젊은 여성의 좀 더 현실적인 모습을 담았다.

특출난 재능을 가진 것도, 주위 사람이 선망할 만큼 성공한 것도 아닌 김지숙의 주인공들은 가족과 회사라는 미세한 그물에 포획되어 있으면서도,

그것으로부터 벗어나려는 몸짓을 하고 있다. 안타깝게도 어느 주인공들도 가족과 회사라는 그물과 맞서 싸울 능력이나 수단을 갖고 있지 못한데, 그것을 도와주는 것은 작가가 마련한 반전이다. 이 반전은 혼자 힘으로 세계(상황)는 바꾸지 못하지만, 나의 생각을 바꿈으로써 세계로부터 벗어날 수는 있다는 심리주의적 성격을 가졌다. 그것을 가장 잘 보여준 것이 「스미스」다. 상황(이 작품에서는 자본주의)을 바꾸거나 고칠 수는 없지만, 그 상황에 '싫다'라고 말할 수는 있는 것이다. 이런 해결을 선택하도록 하는 것은 주인공의 고립이다.

김지숙 소설

# 스미스

2025년 6월 13일 1판 1쇄 펴냄

| | |
|---|---|
| **지은이** | 김지숙 |
| **펴낸이** | 김경섭 |
| **펴낸곳** | 도서출판 삼인 |
| **전화** | (02) 322-1845 |
| **팩스** | (02) 322-1846 |
| **이메일** | saminbooks@naver.com |
| **등록** | 1996년 9월 16일 제25100-2012-000045호 |
| **주소** | (03716) 서울시 서대문구 성산로 312 북산빌딩 1층 |

| | |
|---|---|
| **편집** | 이양훈 |
| **디자인** | 정연규 |
| **제작** | 수이북스 |

ISBN 978-89-6436-283-9 03810